북양어장 가는 길

북양어장 가는 길 (큰글씨책)

초판 1쇄 발행 2021년 1월 15일

지은이 최희철
펴낸이 권경옥
펴낸곳 해피북미디어
등록 2009년 9월 25일 제2017-000001호
주소 부산광역시 동래구 우장춘로68번길 22
전화 051-555-9684 | 팩스 051-507-7543
전자우편 bookskko@gmail.com

ISBN 978-89-98079-41-3 03810

북양어장 가는 길

미시적(微視的) 사건으로서의 1986~1990년 북태평양어장

최희철 지음

해피북미디어

머리말

기억들의 기록이다. 하찮은 일처럼 지나쳐버렸을 지도 모를 삶의 비늘들을 다시 들추어 냄새를 맡아보고 싶었다. 주류(主流)의 그늘 아래 숨죽이고 있었던 것들 말이다. '미시적 사건으로서의 1986~1990년 북태평양어장'이란 당시 겪었던 구체적 사건들의 '자세히 보기'를 통해, 우리가 알 수 없었거나 말하지 못했던 것들의 숨은 의미를 드러내려고 한 것이다.

'원양어업'을 기획했던 게 국가와 자본이라면, 현장에서 바다처럼 살았던 선원들, 어획 대상이었던 물고기들, 생명 없는 기계라고 생각했던 트롤어선과 어구들, 출렁이던 바다의 흔적으로서 바람, 어둠, 파도, 눈보라, 안개 그리고 대양(大洋)의 상처 같았던 회색빛 섬들 모두가 역동적인 주인공들이었다. 돌이켜보면 그곳에 분명 꿈틀거리는 삶이 있었음에도 무성영화의 화면처럼 '기억'이 희미해지고, 결국에는 사라져버리는 게 아닌가 하는 안타까움이 나로 하여금 이 글을 쓰게 했다. 하지만 안타까움이 개인적인 것만은 아니다. 땀과 숨결이 배어 있던 공간과 시간을 사라지게 내버려둔다는 것은 어쩌면 '반문명적 행위'이니까.

그들은 모두 '역사 없는 것들'이었다. 분명 사건이 있었음에도 기록할 도구가 없거나, 없을 것이라고 여겨졌던 것들 말이다. 하지만 완전히 지워지는 것은 어디에도 없다. 오히려 그들은 다른 방식으로 기억했던 것 같다. 가령 몸에 새기는 것이라고나 할까. 그런 의미에서 '몸의 기억'을 되살려 기록하는 것은 '잃어버린 시간'과 접속하여 주름을 펴는 일이다. 무두질처럼, 살아왔던 시간을 보드랍고 말랑말랑하게 하는 것이다. 주름 속에서 새로운 바다를 읽어낼 수 있었다. 지나간 사건은 과거의 특정 시점에 일어난 것이긴 하지만 현재의 요청으로 끝없이 되살아나는 잠재적인 것들이다. 하여 늘 새롭다. 지금 이 순간 과거를 다시 불러내는 것, 낡은 비늘들 속에서 어린 비늘들의 꿈틀대는 '운동성'을 목격하는 것, 그게 사소한 사건들을 기록하려는 유일한 이유이기도 하다. 그것은 개인은 물론 민족이나 국가와 같은 거대 공동체의 역사에도 필요할 것이다. 끝없이 과거를 되새김질하여 현재를 튼튼하게 세우는 것 말이다. 그러므로 모든 기록은 '회한(悔恨)'을 넘어 '현재 속의 부끄러운 과거'를 성찰하는 욕망이어야 한다. 그런 '가역(可逆)적 운동'이 모두에게 전해졌으면 좋겠다.

부산항을 출항해서 쓰가루 해협, 오호츠크 해를 지나 북태평양어장에 이르는 항로를 생각하면 마치 출가의 길처럼 멀고도 아득하기만 했다. 어둠과 빛 그리고 몸을 휘감던 추위를 헤치고 드디어 수심 3,000미터의 공해어장에 도착했을 때, 거대한 트롤어선은 지구 대기권을 벗어난 것처럼 기침을 해대며 길을 잃어버렸다. 그리곤 아침을 향해 그물을 던졌다. 거대한 그물은 바닷속을 유영하는 수많은 기호들을 포획하려는 우리 문명의 아바타였던 것 같다. 거친 파도와 바람 속에서 이어지던 숨 막히는 자체조업과 야간 어군탐지 활동, 그것은 깨알 같은 생명체의 잉여(剩餘) 기록을 해석해내려는 고고학자의 여정과 같은 것이기도 했다. 밤새도록 팽팽한 긴장감을 토해내던 어로계기들의 신음소리, 그리고 잉잉거리던 선회창(旋回窓) 틈에서 광물처럼 웅크리고 있었던 소금기의 결정체! 그것은 갇혀 있음을 의미하는 것이었다. 그때 눈보라에 뒤덮인 선수루(船首樓) 난간에 착륙을 시도하는 바닷새들이 희뿌옇게 보였다. 그것은 생명의 응전(應戰)을 보여주는 탈주(脫走)의 상징물들이었다. 생명은 자기 방식대로 주변을 물들여나가면서 극한의 자유를 획득하려 하니까. 자체조업이 끝나고 미국 경제수역(EEZ) 내로 이동하여 자선들과 함께하는 합작 사업, 쿼터 소진의 무한 경쟁 방식인 '올림픽 시스템'과 전재(轉載) 작업, 그리고 끝없이 이어지던 장기조업. 그렇게 사건들은 빽빽하게 빈틈없이 이어져갔다. 그리고 이름조차 없었던 수많은 저기압이 유령처럼 몰려왔던 '피항(避航)'. 산더미만큼이나 크게 솟구쳐 허연 이빨을 드러내고 갈라지며 밤새 몸부림치던 바다는 바람과 파도와 함께 트롤어선, 아니 우리를 물어뜯으며 흔들어댔다. 하지만 그렇게 흔들리면서도 우린 절망하지 않았다. 오히려 끝없는 흔들림이 우리의 욕망을 더 강렬하게 만들어주었던 것 같다. 격렬한 애무와 절정의 흔적으로 남았을 뿐, 누구도 승리하거나 패배하지는 않았다.

그리고 아마 봄이었을 것이다. 쓰가루 해협을 지나 다시 동해로 들어섰을 때 집 뜰 안까지 들어온 햇살을 만났던 게. 바다는 잔잔하였고 따뜻한 기운은 온 세상에 퍼져 있었다. 한바탕 꿈이었을까? 하지만 그 어떤 것도 실체(實體)는 아니었다. 검푸른 바다인가 싶어서 보면 우리가 있었고 우리인가 싶어서 보면 '화폐의 욕망'이 있고, 화폐의 욕망인가 싶어서 보면 끝없이 앞으로 나아가려는 생명의 안간힘이 있고, 그 안간힘이 너무 안쓰러워 눈물이 나려 하면 우리의 포획대상이었던 명태, 가자미, 대구, 가오리들이 있었다. 우리 모두는 하나였던 것이다. 우주를 가득 메운 '차이와 동시성(同時性)'이라는 '미세한 사건'들로서 말이다. 그 모든 게 여태까지 이어져오며 기억들을 자신의 몸에 새겨넣었던 것이다. 마치 문신처럼.

이 글은 비록 내가 쓰긴 하였지만 혼자만의 힘으로 된 것은 아니다. 주변의 생명 있는 것과 없는 것을 비롯해서 글감을 일깨워주신 강남주 교수님, 이광수 교수님, 바다 위에서 젊은 시절을 함께 보냈던 동기들과 어선원들, 글을 뽑아주신 해양문학상 심사위원님, '대형선망수산업협동조합', '부산일보사', '해피북미디어' 그리고 잡어 동인과 가족들, 푸른 인연들 모두의 것이다.

모두 고맙습니다.

2014년 11월
최희철

차례

2부

1부

「잡어(雜魚)」

어선에서 돈이 되지 않는

바닷속 잡어다.

잡어는 렛고 컨베이어를 통해 버려지거나

틈새에서 냉동되어

어떤 규정성도 갖추지 못한 채

어창에서 뒹군다.

악천후와 함께

바다는 바람에 취해 휘청거리고

산더미 같은 파도가 갑판을 때린다.

쓰러질 듯 심한 롤링으로

머리털이 주뼛주뼛 설 무렵

하여 먹은 것이 모두 게워 올려지는

힘겨운 피항(避航) 시간

마이너스 30도, 어창(魚倉)에 숨어들어

소주병을 까며 잡어의 어육을 먹는다.

슬픔은 모두 왜 그렇게

차갑고, 딱딱한지…

잡어를 먹는 놈들은

모두 잡놈들이다.

인간의 욕망이 확장되는 곳
원양어업

　　이전에도 그랬겠지만 1980년대의 바다, 특히 원양어업은 거대한 기계문명과 자연과의 충돌이었다고 해야 할 것이다. 미지의 세계를 개척한다는 의미로서의 바다, 즉 나침반, 시계, 망원경, 범포, 천측도구 같은 수동적인 항해 도구를 갖고 도전정신으로 헤쳐 나갔던 바다는 지금 우리 앞에 존재하지 않는다. 그때의 '도전정신'이란 일방적인 '서구(西歐)'의 관점이었을 뿐이다. 가령 어떤 항로나 대륙을 발견하고 어장을 개척했다는 것은 인간중심적 관점이라고 볼 수 있다. 왜냐하면 그곳엔 개척을 주도했던 특정 인간의 욕망이 작동하기 수천 년 전부터 바다와 생명들이 있었고 그곳에서 그런 것들과 어울려 삶을 살아가고 있는 또 다른 인간들이 있었기 때문이다. 그러므로 원양어업이란 '도전이나 개척'이라기보다는 이미 그곳에서 살고 있었던 모든 것들에게 우리 삶을 기대려 했던 방식 혹은 시도였다. 그것은 주변을 자기중심적 관점이 아니라 '주변의 시각'에서 새롭게 발견하는 것이기도 하다.

하지만 원양어업은 이제 거대한 생산체계를 갖춘 산업시스템이라는 이미지를 갖고 자본의 욕망을 위한 아바타가 되고 있다. 연근해가 아니라 10여 일 혹은 몇 달씩 항해해서 먼 바다로 나가는 것은 모두 인간의 '경제적 이익'과 관련된 것이고, 그것은 자본의 욕망이 어디까지 확장될 수 있는가를 보여주는 지점이기도 하다. 또한 인간이 삶의 방식을 어떻게 변화시켜 왔는지를 보여주는 현장이다. 물론 그걸 지나치게 미화하거나 또는 폄하할 필요는 없다고 생각한다. 원양어업의 공과(功過)를 잘 들여다보되 지나친 부분이 있다면 덜어내는 게 더 중요하다는 말이다. 삶은 여전히 완료형이 아니라 진행형이니까.

바다에서의 노동조건
어장과 수산회사들

북태평양어장은 1984년에 출국하여 30여 개월을 조업했던 인도양의 오만(Oman) 어장과는 다른 게 많았다. 오만어장이 349~469톤급 정도의 트롤어선으로 오만 근해의 저서(底棲) 어종을 대상으로 하는 저층(底層) 트롤어장이었다면, 북양어장은 1,000~5,500톤 정도의 대형트롤어선으로 수심이 평균 3,000미터가 넘는 공해(公海)어장에서부터 저서어종을 대상으로 하는 알래스카 연근해어장이 있었다. 조업 방식도 공해어장에서는 중층(中層) 트롤어업이면서 우리 어선이 직접 그물을 던져 조업하는 '자체조업'이었고, 알래스카 연근해어장, 즉 미국의 배타적 경제수역 내로 들어가면 우리의 자체조업이 아니라 미국의 자선(子船, 150~300톤 정도 되는 어선)들이 잡아주는 어획물을 받아서 가공 처리만 하는 합작 사업으로 조업이 이뤄졌다.

북태평양의 대부분이 베링해(Bering Sea)이므로 그냥 베링해라고 부르기도 하고, 북태평양의 준말 북양이라고 부르기도 한다.

흔히 원양(遠洋)이라면 막연하게 멀리 있는 넓은 바다라고 상상하지만 꼭 그런 것만은 아니다. 가령 오만이든 알래스카 어장이든 모두 연안과 몇 마일(海里, 약 1,852m) 떨어지지 않은 해역에서 조업을 하는, 그곳에서 보자면 '연근해 어업'이라고 할 만한 해역이었다. 그러나 북양의 공해어장은 깊은 수심과 육지와의 거리를 생각해 본다면 진정한 원양어업이라고 할 수 있을 것이다. 북양의 공해어장이란 지금의 러시아, 미국의 영토로부터 200마일보다 먼, 즉 배타적 경제수역의 바깥이었으니까.

오만어장은 위도가 북위 20도 정도의 아열대 지대라서 매우 더운 해역이었지만 북양어장은 위도가 우리나라보다 훨씬 높은 북위 50~60도라서 매우 추운 해역이었다. 그곳에도 계절이 없는 것은 아니었지만 더위는 없었다고 해야 할 것이다. 봄이면 알래스카의 강으로부터 얼음 덩어리들이 떠내려와서 주변 바다를 하얗게 만들던, 보기만 해도 추운 날씨의 연속이었다. 인간에게 춥거나 덥다는 것은 그 자체만으로도 다양한 삶의 양상을 만들어낸다. 특히 추위란 더위와 달리 삶의 폭을 움츠러들게 하면서도 그것에 상응하는 응전을 만들어내는 것 같다. 북양어장은 추위 그 자체가 하나의 극복하기 힘든 노동조건이었고 위협의 상징이었다. 거대한 파도가 배를 덮치고 그 파도의 힘에 휩쓸려 내려가지 않아야 한다는 안간힘이 늘 가슴 한곳에 도사리고 있었던 것 같다. 단순히 상상력의 범주에서 발휘되는 이미지가 아니라 리얼(real)에 속하는 것이다. 추위는 하늘이나 바다뿐 아니라 마치 초월적 기운처럼 온 세계에 내재해 있었기 때문에 더 리얼하게 여겨졌던 것 같다. 두려움 앞에 선 리얼한 삶!

하지만 그런 두려움에도 우리는 그물을 던지고 고기를 잡으려 했었다. 그게 인간의 두려움에 대한 응전이자 살아 있는 모습이었다. 아무리 혹독해도 생명은 끝내 살 틈을 찾아내고야 만다. 그러지 못했다면 생명, 아니 우리는 지금 없을 것이다. 그래서 북양어장은 더운 해역의 오만어장에서 돌아온 나에게 새로운 욕망을 일으키게 했을 것이다. 전의(戰意) 같은 것이라고나 할까. 생명은 스스로 자기를 조직하여 주변을 물들여 나아간다. 인간이 자연을 대하는 관점도 그런 것 같다. 그러므로 인간이 없는 자연 혹은 바다는 무의미하다고도 할 수 있다. 그렇다고 인간이 바다를 마음대로 해도 된다는 의미는 아니다. 바다와 인간이 분리된 게 아니라는 의미일 뿐. 만약 인간이 없다면 바다는 순수한 물질덩어리에 불과할지도 모른다. 그곳에서는 아무런 의미가 생성되지 않을 것이다. 왜냐하면 인간의 의식은 늘 무엇에 대한 의식이니까. 그 인간 앞에 바다가 있고 바다 앞에 인간이 있다. 서로 평등하고 동시적으로 존재한다고 할 수 있다. 인간과 바다는 자율적이면서도 서로를 지향하고 있는 셈이다. 내가 생애의 일정기간을 바다와 함께했다는 게 그런 의미였기를 빌어본다.

인도양의 오만어장 그리고 대서양의 다른 어장들은 기지(基地)라고 불리는 연안의 항만물류도시를 중심으로 어업의 모든 것이 이루어졌기에 선원들은 항공기 등을 이용해 몸만 가면 되었다. 가령 라스팔마스, 오만, 파키스탄, 뉴질랜드, 포클랜드 같은 어장이 그랬는데 그런 곳에서 조업하는 어선들을 통칭 '기지선(基地船)'이라고 불렀다. 기지를 중심으로 일정한 계약기간 동안 머물면서 그곳에서 보자면 연근해어장에서 조업하는 방식이었다. 30개월이라는 긴 시간 동안 집을 떠나 생활한다는 게 쉬운 일은 아니지만, 한 달에서 두 달 정도 조업을 하면 만선(滿船)하여 기지로 돌아갈 수 있었기에 흔히들 상상하는 오랫동안 땅과 격리된 생활을 하는 것은 아니었다. 오히려 한국에서보다 더 즐거운(?) 생활을 하는 경우도 많았다.

기지를 중심으로 하는 어업은 임금이 월급제가 아닌 보합제(步合制)였다. 보합제란 매월 일정한 생계비를 받고 어기(漁期)를 다 마치면 어획성적을 정산하여 수익 금액을 직급별로 나누는 방식이다. 하지만 어획물 생산량과 가격, 조업 중 발생한 비용 등에 대한 정보를 잘 알 수 없는 선원들은 제대로 배당금을 받지 못하는 경우가 많았다. 게다가 구체적인 계약 조건을 선장 이외는 잘 알 수가 없어서 귀국하여 정산할 때 회사 혹은 선장과 심각한 갈등이 생기기도 하였다. 대체로 보합제의 경우 회사는 선장과 계약할 뿐 다른 직급의 노동조건과 임금조건은 모두 선장에게 일임되었다. 하지만 선장뿐 아니라 다른 직급의 선원들도 좀 더 많은 배당금을 받기 위해 신경을 곤두세우고 있었기에, 한 번 갈등이 발생하면 바닥을 드러내는 싸움을 벌이기도 하였고 판결을 위해 법정까지 가는 경우도 있었다.

하지만 대체로 선원들이 피해를 보는 사례가 많았던 것 같다. 더불어 계약을 마치지 못한 선원일 경우 심한 불이익을 감내해야 했다. 가령 선원의 '중도귀국' 같은 게 바로 그것인데, 기지에서 여러 가지 문제로 인하여 승선생활에 적응하지 못하는 선원에겐 선장이 중도귀국이라는 처벌 아닌 처벌을 내린다. 그럴 경우 왕복항공비 및 체류비용을 해당 선원이 고스란히 감당해야 한다는 걱정 때문에 선원들은 중도귀국을 당할까봐 늘 전전긍긍하였고 그게 선원들의 불만을 잠재우는 데 악용되기도 하였다.

반면에 북양트롤어선은 월급제였다. 선원들은 승선하기 전 육상의 지사(대체로 부산에 위치)로부터 노동(임금조건 포함) 조건에 대한 사항을 통보받고 직접 계약을 하므로 보합제 방식과는 달리 갈등은 훨씬 적은 편이었다. 보합제와 월급제 방식은 노동 강도에서도 많은 차이가 났다. 가령 기지선의 경우 어획량이 많거나 그물 사고가 나면 시간 외 근무를 하는 경우가 많았는데, 그게 임금으로 어떻게 계산되는지 물을 수도 없었으며 보합제라는 이름으로 거의 반강제적으로 행해지는 경우가 많았다. 월급제의 경우 시간 외 근무는 특별한 상황을 제외하고 거의 없는 편이었다.

게다가 작은 수산회사들은 재정의 어려움으로 임금을 지급하지 못하는 상황이 발생하기도 했고, 심한 경우 연료나 어구 등을 제때 구입하지 못해 조업 중에 계약이 파기되어 선원들이 몽땅 중도 귀국을 하는 경우도 발생했다. 하지만 그런 것들조차 회사의 속임수일 때도 있었다. 왜냐하면 계약이 만기로 끝날 경우 선원들에게 보합배당금을 지급해야 하니까 중간에 어획성적이 나쁘다거나 재정이 어렵다는 핑계를 만들어 계약을 깨고 조업하던 선원들을 불러들이고는 다시 선원구성을 하는 것이다. 그래놓고 기존의 선원들에게는 계약 파기를 빌미로 일정한 위로금만을 지불할 뿐이었다.

그러나 1986년 당시 북양어장에 출어하는 대형 수산회사들은 적어도 그런 문제만큼은 없었던 것으로 알고 있다.

선원과 선용품
출항 준비

　　명란 철(명태의 산란은 12~4월)을 딱 맞게 겨냥할
순 없지만 대개 12월 중순쯤에 부산에서 출항하면 명란 철에
맞추어 북양의 공해어장에 도착할 수 있다. 1986년 당시엔 공
해에서 자체조업과 관련된 국제적인 규제가 없었다. 그래서 명
란 철이 되면 한국, 일본, 러시아, 폴란드, 중국, 대만 그리고
간혹 자선이었던 조그마한 미국 어선들까지 200여 척이 모여
들어 마치 전쟁터를 방불케 했다. 공해는 광활한 북태평양 중
에서 미국과 러시아의 영토로부터 200마일 안쪽을 제외한 해
역임에도 불구하고 그 면적은 엄청났다.

　　내가 취업했던 S교역의 경우 보통 배가 부산에 입항하면 4
일에서 7일 이내에 출항시키는 편이었다. 다른 회사에 비해 상
대적으로 입항 기간은 매우 짧았는데, 입항한 선원들이 느끼
기엔 육상(부산지사)의 직원들이 빨리 출항시키기 위해 안간힘
을 쓰는 것처럼 보였다. 회사로 볼 땐 그게 이익이겠지만 선원
들은 오랜만에 집으로 돌아왔는데도 가족들과 함께 지낼 수

있는 시간을 많이 가질 수 없다는 게 가장 큰 불만 중 하나였다. 1년에 한 번씩 수리조선소에서 정기적인 점검과 수리를 할 때도 빈틈없는 업무 집행으로 선원들이 육상에서 만족할 만한 휴식시간을 갖는 게 매우 힘들었다. 보통의 경우라도 조업을 마치고 입항하면 기본적으로 점검하고 수리해야 하는 작업들이 적지 않았다.

특히 기관 수리와 갑판 장비 수리 그리고 조업 중 닳아버린 어로기계의 금속부위를 복원(育成)하는 경우가 많았는데, 수리업체 노동자들은 아예 배에서 침식(寢食)을 하면서 작업 기간을 최대한으로 줄이려고 하였다. 그렇게 하면 수산회사로부터 특별수당을 더 받을 수 있다는 말을 직접 들은 적이 있다. 당시 나는 훨씬 더 여유 있는 '입항휴식'이 주어졌던 다른 회사 선원들이 무척이나 부러웠다. 특히 신혼이거나 연애 중인 선원들은 하루 아니 한 시간이 아쉬웠을 것이다. 출항하는 날 배로 돌아오는 게 마치 '도살장에 끌려가는 소'의 심정이라고 말하는 선원도 있었으니까.

출항을 하려면 선원 구성이 되어야 하고 선용품(船用品)도 실어야 했다. 선원 구성은 기지선과는 달리 해당 어선의 선장이나 항해사들이 직접 하지 않았다. 육상의 지사에서 상시적으로 선원을 모집하여 입항에 맞추어 승선할 수 있도록 해주었던 것이다. 기지선의 보합제란 어떤 의미에서 일종의 '독립채산제'라고 할 수 있을 것이므로 해당 어선의 선장이 모든 것을 관리하고 결정하였다. 하지만 북양트롤선의 경우 선원이 더 필요하거나 하선하려는 선원이 있다면, 선장이 점검하여 회사에 건의하거나 보고를 하고, 그에 대한 결정은 모두 육상에서 이루어졌다.

명란 철엔 선원들을 최대한 많이 승선시키려고 한다. 1,500톤급 HK호의 경우 80여 명의 선원을 승선시켰고 항해사도 5명이나 되었다. 그렇게 많은 선원들을 승선시키는 이유는 명란 철이라 일손이 많이 필요하기도 하지만 어장에서 여러 가지 사정으로 중도 귀국하는 선원들이 많이 나오기 때문이다. 물론 어장에서 운반선이나 탱커(tanker, 연료공급선)를 통하여 보충선원을 받기도 하였다. 당시 북양트롤선은 3개 부서로 나뉘어 있었는데, 먼저 갑판부는 배의 운항과 어로작업을 담당하는 부서로, 선장(배의 대표)을 비롯한 항해사, 갑판장, 갑판원 및 처리부원으로 구성되어 있었고, 기관부는 엔진이나 발전기를 비롯한 배의 모든 기계를 담당하는 부서로, 기관장, 기관사, 조기장, 기관원으로 구성되어 있었다.

통신부와 조리부를 합쳐서 '통사부'라고 했는데 업무의 연관성이 있다기보다는 적은 인원을 모아놓은 것이라고 보면 되겠다. 하지만 기지선의 경우 선장의 '친위병(?)'으로서 통신장과 조리장이 친한 경우가 있다. 보통 통신장(국장)은 한 명이고 조리부는 조리장(주방장, 주자)과 조리수, 조리원으로 구성되어 있었다. 그 이외에 위생사, 전자사, 전기사 등의 직책도 있었는데, 북양트롤선의 경우 선원 숫자가 너무 많다 보니까 같은 배에 승선해도 어느 정도 기간이 지나야 겨우 이름을 알 수 있을 정도였다. 5,000톤급 정도 되는 대형트롤선의 경우 처리실에서 근무하는 선원들은 선장 얼굴을 거의 보지 못하는 경우가 허다하다고 한다. 하지만 1980년경부터 어선도 다른 산업분야와 마찬가지로 자동화, 기계화가 점점 가속화되면서 선원들의 숫자가 점점 줄어드는 추세에 있었고, 원양어업 자본의 여러 가지 사정으로 한국인 선원이 아닌 제3국의 저임금 어선원을 고용하기 시작하였다.

선용품은 갑판과 기관용품 그리고 주식(主食)과 부식(副食) 등을 말하는데 선적(船積)하는 데 거의 하루 정도가 걸렸다. 출항 하루 전날에는 납품업자들이 몰려들기 때문에 순서를 정해야만 했다. 기본적으로 먼저 부두에 도착한 납품업자들의 물품을 먼저 선적해주어야 했으나 그곳에도 편법이 없는 것은 아니었다. 납품업자 중에 물품을 먼저 싣기 위해 항해사나 갑판장을 찾아와 '급행료' 명목으로 뇌물을 주는 경우가 있었는데, 뇌물은 대체로 술, 음료수 같은 선원에게 필요한 물품이었고 일정한 금액의 돈을 주는 경우도 있었다. 육상 직원은 그런 뇌물 공여 현장을 보고도 크게 간섭하지 않았다. 왜냐하면 그런 일이 일상적으로 있는 게 아니라 출항할 때로 한정된 것이고, 그게 어쩌면 선용품을 싣고 빨리 출항하는 길이기도 했기 때문이다.

　육상 직원은 배에 와서 선원이나 항해사에게 대체로 직접적인 업무 간섭은 거의 하지 않는 편이다. 왜냐하면 육상 직원보다 배에 관해서만큼은 선원들이 더 잘 알고 있을 거라는 생각 때문이다. 입·출항과 관련해서 선원들로부터 불평을 듣는 경우가 많기 때문에 가급적이면 불만의 '벌집'을 건드리지 않으려고 했다. 괜히 건드렸다가 불만이 폭발할 경우 오히려 자신들이 육상의 상급자로부터 배에 가서 제대로 처신을 하지 못했다는 소리를 들을 수도 있기 때문이었다. 항해사나 갑판장에게 어떤 방식이든 맡겨두는 게 물품을 빨리 싣는 방법이기도 했지만, 실제로 절차상 항해사와 같은 배 측 담당자의 인수확인이 필요하였으며, 모든 선용품은 배에서 사용하는 것이기 때문에 선원들에게 만족스러워야 했던 것이다.

　물론 '급행료' 같은 뇌물을 받는 게 일종의 비리인 것은 맞지만 그게 정확하게 누구에게 손실을 끼치는지는 알기가 어려웠다. 보합제와는 달리 월급제에선 누구든 월급 이외의 수익이 생기는 것을 무조건 자신에게 이익이라고 생각하기 때문일 것이다. 다만 뇌물을 주는 납품업자의 관점에서 보자면 뇌물비용만큼 물품 가격을 부풀렸을 것이고 그것은 결국 회사의 비용으로 잡힐 것이다. 그런데 공산품처럼 이윤이 높지 않은 물품은 뇌물로 주기를 꺼려하였다. 왜냐하면 공산품은 다른 선용품들과는 달리 독점적 지위가 없어서 납품 경쟁이 치열하여 스스로 '단가 후려치기'를 해야 했기 때문이다.

기지선의 경우 부식 납품업자들은 납품을 위해 항해사에게 현금을 뇌물로 주기도 했는데 심지어는 항해사의 한국 통장계좌에 매월 일정금액을 입금시켜주기도 했다. 그리고 선원들의 갖은 잔심부름을 해주기도 했으며 상륙하면 자동차를 수배해서 관광을 시켜주기도 했다고 한다. 하지만 그들 역시 납품하는 부식 가격에 그런 '수고비'를 첨부했을 것이다. 처음 온 납품업자 중에는 '관례(?)'를 잘 몰라서 뇌물을 주지 않고 버티다가 시간은 시간대로 다 잡아먹고 나중에 납품 수량 오류까지 생겨 항해사로부터 인수증에 확인도장을 받아가지 못하는 경우도 있었다. 납품한 물품의 수량이 모자라는 일은 납품업자의 잘못이기도 하지만, 본선에서 선원들이 악의적으로 물품을 빼돌리는 탓도 있었다. 왜냐하면 모든 물품은 부두의 바닥에서 본선 카고 윈치(cargo winch)로 올려지기 때문인데, 납품업자가 한 명 정도 와서는 물품의 수량을 선원들과 함께 점검하기도 힘들었고, 여러 명의 선원들에 의해 선용품 창고로 옮겨지기 때문에 그 과정에서 선원들이 마음만 먹으면 물품을 빼돌리는 것은 너무 쉬웠다.

그러나 납품업자가 학교 선후배일 경우 본선의 횡포(?)는 대폭 줄어들 수밖에 없었다. 특히 어구(그물 따위) 용품은 대부분 그랬던 것 같다. 어구 회사에서 입항 중인 항해사들에게 접대를 하는 경우가 있는데 보통은 고급식당에 가서 요리를 먹고 2차로 술을 마시러 간다. 그런 접대를 통해 어구 회사의 선후배는 항해사들에게 자신의 존재감도 부각시키고, 본인도 즐거운 시간을 갖는 것 같았다.

하지만 전체적으로 보면 모두 나쁜 관습을 배우고 만드는 데 동참했다고 할 수 있다. 그런 것들은 모두 우리의 수산업이나 선원생활을 갉아먹는 악습이다. 따져보면 그게 아닌데 문득 자신이 우월한 위치에 있다고 착각하여 알량한 권력을 휘둘렀던 것이고, 순간 그 모든 상황이 자신에겐 즐거움이었으며 그게 자신의 이익으로 축적되고 있다고 여기는 잘못된 관행 같은 것 말이다. 그것은 어쩌면 자신의 내부에 있는, 자신이 그동안 증오했던 '억압자'의 모습일 것이다. 괴물을 닮아가는 모습 말이다. 아마도 그것은 외부의 그 무엇을 내면화하는 버릇에서 오는 것일지도 모르겠다. 그저 다른 사람들이 많이 다녔던 길을 별 생각 없이 따라가는 것이다. 사실 습속을 쉽게 뿌리치긴 어렵다. 그런 수렁에 빠져 있으면 생각이 열리지 않기 때문이다. 그런 의미에서 우린 '생각의 동물'이라기보다는 '습속의 동물'이라고 해야 할 것이다. 문득 예상치도 못했던 '변화와 충격'에 생각이 열릴 때까지 말이다.

아무튼 출항 준비는 모든 선용품이 선적되면 끝난다. 그 짧은 하룻밤이 아쉬워 나는 같은 2항사 동기와 남포동 거리를 쏘다니며 술을 마셨다. 내일이면 출항이니까, 다시 야수의 힘줄 같은 바다와 한바탕 싸움을 벌여야 하니까. 그날은 아마도 크리스마스 이브였을 것이다.

육지의 불빛과 작별하며
출항

    도선사(導船士, pilot)와 예인선(tug boat)에 의해 배가 안벽(岸壁)에서 떨어지고 부산의 외항(外港), 즉 오륙도 근처까지 빠져나오면 도선사는 돌아가고 운항은 본선 선장에게 맡겨진다. 특별한 게 없다면 그때부터 모든 선원들은 항해당직 체계로 바뀐다. 배의 운전도 '다양한 엔진'을 쓰는 '속도변화(all station all standby)' 상태에서 최고 속력을 내는 '최대 속력(sea speed)' 상태로 바뀌게 된다. 어선은 상선과 달리 고급연료인 '방카A'를 사용하기에 입·출항할 때 연료를 교체해야 하는 번거로움은 없었다. 상선은 입출항 시 '방카C'에서 '방카A'로 연료를 교체하여 다양한 엔진을 쓸 수 있도록 대비한다. 항해당직은 1항사, 2항사, 3항사로 나뉘어 서게 되는데 북양어선에는 수석 1항사(초사, chief officer의 일본식 발음)가 있고 차석 1항사도 있으며 2항사도 2명 이상인 경우가 많아 항해당직은 대개 3교대를 하거나 간혹 4교대를 하는 경우도 있다.

부산항을 빠져나와 쓰가루 해협(홋카이도와 혼슈 사이의 좁은 해협)을 통과하기 전까지는 항해에 큰 어려움은 없는 편이다. 부산항을 빠져나왔다 싶으면 북동 방향으로 코스를 잡고 그냥 쭉 가면 되니까. 배에서 방위는 동서남북이라는 용어를 쓰기도 하지만 주로 360도 방식을 쓴다. 그러니까 동쪽은 090도이고 북동쪽은 045도가 된다.

동해에서의 특징은 오징어 채낚기 어선을 많이 볼 수 있다는 점인데 바다에서 특히 야간에는 그들의 존재감이 너무 빛나서 아주 멀리서도 환하게 보인다. 마치 어선이 근접해 있는 것과 같은 착각을 일으킨다. 그건 그들이 밝혀놓은 수많은 집어등(集魚燈) 때문인데 그것은 찬란한 태양만큼이나 밝았다. 사실 집어등이라곤 하지만 오징어가 그 불빛 때문에 모이는 것은 아니다. 오히려 그 강렬한 빛을 피해 집어등이 설치된 어선의 선저(船底), 즉 어두운 배의 바닥으로 오징어가 피하게 되는데 그걸 낚시 바늘로 잡는 것이다. 오징어 채낚기 어선 경험자에 의하면 불빛이 얼마나 뜨거운지 그 밑에 앉아 작업할 때는 반드시 안전모를 써야 하고 그렇지 않으면 머리털이 다 빠져버릴 수도 있다고 한다.

바다에서 육지로 접근할 때 가장 먼저 만나는 게 불빛이다. 빛 중에서 파장이 가장 긴 '붉은색'이 먼저 보인다. 그래서 그런지 어둠 속에서 보면 육지의 불빛은 화려해 보이지는 않고 마치 곤충 떼들이 모여 있는 것처럼 여겨진다. 하지만 그것들은 모두 어떤 의미를 갖고 있다. 등대나 부표의 빛도 그렇다. 얼마나 밝으냐, 몇 번 깜박이느냐, 무슨 색깔이냐에 따라 그 의미는 달라진다.

해안선으로 접근하면 붉기만 했던 빛들은 마치 태엽장치가 풀린 인형처럼 작은 떨림과 함께 점차 제 색깔을 드러낸다. 해안선 부근이 사람이 많이 거주하는 도시가 아니라면 불빛은 드물고 등대나 부표(buoy)의 빛 정도가 고작이지만 쓰가루 해협은 좀 달랐다. 수많은 불빛을 볼 수가 있는데 그래서 그런지 나는 오랜 우주여행을 하다가 지구로 귀환하는 것 같은 느낌을 받았다. 가까워질수록 주름이 펴지면서 보석처럼 빛나는 협곡 같다고나 할까. 사람이 많이 사는 곳이라 그런지 추운 겨울에도 육지에서 따뜻한 바람이 불어오는 것 같은 느낌을 받았다. 어둠 속에서 원형 스크린처럼 모든 감각기관을 감싸는 것이다.

사실 그건 흙냄새일 텐데 추운 바다에선 잘 느끼지 못하지만 인도양 같은 곳에서는 바다에서 조업하다 항구로 접근하면 더위와 함께 흙냄새가 온몸에 끼쳐오는 것을 확연하게 느낄 수 있다. 음식 냄새 같으면서 땀 냄새 같기도 한 그건 아마도 살아 있는 모든 것의 체취일 것이다.

쓰가루 해협은 좁은 곳(협수로)이라 그곳을 통과할 때 선장은 반드시 브리지(bridge, 조타실)에 올라와 본다. 특히 여름에는 안개가 끼는 경우가 많아 북양어장으로 오갈 때 가장 조심스러운 항해구역이기도 하다. 하지만 사고는 그런 곳에선 오히려 잘 일어나지 않는 편이다. 왜냐하면 자신뿐 아니라 상대방도 집중하여 주의를 기울이고 있기 때문이다.

북양어장 가는 길
항해

부산항을 출발하여 북태평양 공해어장까지 가는 데 걸리는 시간은 대략 10~12일 정도이다. 트롤어선은 여객선이나 상선, 군함 등에 비해 매우 느린 편이다. 그리고 어선은 다른 배와는 달리 출항할 때나 입항할 때 모두 적재물이 많이 선적되어 있는 편이다. 연료와 각종 어구 그리고 선용품 등을 가득 싣는다. 심지어 연료의 경우 특별히 제작한 비닐부대를 이용하여 어창에 싣는 경우도 있다. 어선은 배 밑바닥이 상대적으로 넓은 편이고 무게중심이 낮아 속도와 같은 기동성보다는 안전성과 힘에 중점을 둔다.

어장까지 이동하는 동안 각종 부서에서는 필요한 일을 하게 되는데 갑판부의 경우 주간에는 어구를 만들거나 수리한다. 처리실에서는 처리실, 피시본드(fishpond), 급냉준비실, 어창(魚艙) 같은 곳을 정비하고 청소한다. 북양어장의 공해에선 중층 트롤 그물을 사용하는데 그물의 몸통은 어망전문회사에서 제작한 것을 구입한다. 예전에 알래스카 근해에서 자체조업이

가능했을 땐 저층트롤 어업을 했기에 관련된 그물도 배에서 자체적으로 만들었다. 하지만 중층트롤에서 사용하는 그물은 '로프망(rope net)'이라는 특수한 그물로서 배에서 자체 제작하기는 어렵다. 대신 몸통 그물의 뒤에 붙여 바닷속에서 어획물을 최종적으로 모으는 트롤 그물의 끝부분이라고 할 수 있는 코드엔드(끝자루, cod end)'는 자체적으로 만든다.

코드엔드는 트롤 그물의 끝부분이지만 대량의 어획물이 마지막으로 담겨 갑판 위로 끌어올려지는 것이기 때문에 매우 중요한 부위의 그물이다. 단순히 그물의 끝에 있다는 의미로 '코드엔드'라고 불렸지만 그 크기와 무게가 엄청나다. 코드엔드 한 개(한 틀)를 만들려면 갑판부 전원이 달려들어 2일 정도는 작업을 해야 했다. 코드엔드는 높은 합사수(망사의 굵기를 나타내는 단위)의 망지(網地)로 만드는데 그것으로도 부족해서 망지를 두 겹 이상으로 하고 부력을 위해서 플로트(float)를 몇 개씩 안에 넣는 경우도 있었다. 그리고 그냥 길쭉한 자루처럼 만드는 게 아니라 중간중간 일정한 간격으로 허리띠(band) 역할을 하는 와이어를 만들어서 어획물이 한쪽 특히 뒤쪽으로 쏠려 코드엔드가 터지는 것을 방지하였다.

갑판에선 그물만 만드는 게 아니라 필요에 따라 와이어를 자르거나 와이어의 매듭을 만들기도 하고, 무링라인(mooring line, 배가 접선할 때 배를 묶어 고정시키는 굵은 로프)을 점검하며, 카고 윈치 혹은 트롤윈치에 감겨 있는 와이어에 구리스(grease

의 일본식 발음)를 발라(먹인다고 함) 부식을 방지하는 작업도 한다. 하지만 어장에 도착하여 조업하는 것에 비하면 이때가 그래도 여유 있는 시간이라고 해야 할 것이다.

해가 지면 갑판에서 하던 일은 멈추고 선원식당에서 여러 가지 교육이 펼쳐진다. 주로 항해사들이 선원들을 대상으로 외국인(수산청 직원이나 미국수산회사 대리인)과 관련된 주의사항, 어획물 처리 요령, 소화훈련 등에 관한 설명을 하였다. 오래된 선원들은 매번 듣는 것이라 외울 정도가 되었다.

선원들은 어장에 도착할 때까지 정해진 순서에 따라 브리지로 올라가 두 시간씩 항해당직을 서게 되는데, 두 명이 한 조가 되어 한 명은 전방을 감시하고 한 명은 수동으로 전환된 조타기(操舵機, steering wheel)를 직접 잡는다. 사실 대양(大洋)에서의 항해는 자동조타로 하는 게 보통이지만 선원들이 브리지로 가서 수동으로 조타기를 잡는 이유는 어장에서 피항(避航)할 때 반드시 필요하기 때문이다. 저기압을 만나 피항할 땐 배를 자동으로 조타(운전)할 수가 없다. 왜냐하면 배의 속력을 앞바람이나 파도에 맞춰 최소한으로 낮추기 때문에 반드시 수동으로만 운전이 가능하였다. 상선처럼 조타수가 따로 없는 어선에선 이런 방식으로 수동 조타를 해결하였다.

이때 수산전문학교에서 위탁교육을 위해 승선한 실습항해사들도 항해 당직을 서게 된다. 그들은 입·출항과 관련된 항해 기간이 아니면 안타깝게도 자신의 전공과목을 실습해볼 기회가 없었다. 실습생들은 어장에 도착하면 학과를 불문하고 처리부원으로 투입되기 때문이다. 그들이 바다로 나와서 현장의 밑바닥을 느껴보는 것이 그리 나쁜 건 아니지만, 그들의 전공과목과 관련된 것을 배우는 일은 매우 적어 보였다. 그들은 힘들지만 반드시 거쳐야 하는 통과의례라는 생각으로 참고 견디며 실습기간이 지나가기만을 인내하는 것 같았다. 더구나 당시엔 그들이 처리실 작업구역 중에서도 가장 힘든 곳에 배치되는 게 거의 관행처럼 되어 있었다. 그들은 위탁교육이라는 명분의 실습을 통해 아마도 세상이 만만치 않음을 혹은 자신들에게 쉽게 열리지 않는 문임을 깨달았는지도 모르겠다. 어렵고 힘들수록 주변을 돌아봐야 하는데 그게 참으로 힘든 것 같다.

간혹 멀미가 심한 선원(실습생 포함)은 어창에서 특수 훈련을 한다. 특수라고 해봐야 차가운 바닥에서 멀미를 극복한다는 이유로 군대식 교육을 받는 것인데, 그게 얼마나 실효가 있었는지 모르겠지만 영하 30도의 어창에서 방한복을 입고 이리저리 뛰고 구르다 보면 땀이 나고 멀미가 극복되는 모양이었다. 사실 나는 뱃멀미를 처음부터 느끼지 않아 멀미에 대한 고통을 잘 모른다. 기억하기론 멀미가 심했던 사람들도 땀을 흠뻑 흘리는 훈련을 받고 나면 더 이상을 멀미를 호소하지 않았는데, 진짜 멀미를 극복해서 그런 것인지 훈련을 받기 싫어서 그랬는지는 모르겠다.

그리고 1회 정도의 이선(離船) 훈련을 비롯한 소방훈련을 한다. 이선 훈련이라고 해봐야 비상시 자신이 승선해야 할 구명정 앞에 자신에게 할당된 장비를 갖고 빠른 시간 내에 모이는 일이다. 가령 담요를 갖고 와야 하는 사람이 있는가 하면 전등을 갖고 와야 하는 사람도 있었다. 이때 훈련하는 날은 예고하지만 실시 시각은 알려주지 않았다. 하지만 점심시간 전후에 하는 게 보통이라서 모두 준비를 잘 갖춘 덕에 한두 번만 하면 선장이 원하는 기준을 만족시킬 수 있었다. 승선 경험이 많은 갑판장도 이날은 미리 옷과 구명동의(求命胴衣)를 껴입고 침실에서 대기하며 자기 구명정 조원들에게 실수가 없도록 하라고 다그쳤다.

자연이 준 인내와 호흡
어업 시작

　　쓰가루 해협을 통과해서 오호츠크 해를 감싸고 있는 캄차카 반도를 지나면 바로 북태평양어장이다. 기상이 좋은 날은 어장에 도착하기 훨씬 전부터 북양어장에서 보이스(voice, 직접 목소리로 교신한다는 의미인데 주로 150메가 무전기)로 교신하는 소리가 들려온다. 북양의 공해어장에선 자체조업이 가능하다고 했는데 도착하기 전부터 그곳에서 이미 조업하고 있는 한국 어선이나 같은 회사의 선단 어선들로부터 어장에 관한 정보를 듣게 된다.

　　북양의 공해어장은 '베링 해(bering sea)'의 일부분인데 미국과 러시아의 영토에서 200마일 바깥 해역으로 '공해어장(open sea)'이라고도 한다. 공해어장의 특징은 중층트롤어법으로 명태를 잡는 것인데 주로 주간에만 조업이 이루어지는 경우가 많았다. 1986년 당시의 명란 철엔 가끔 야간 조업을 하는 경우가 있었으나 대부분 야간에는 어군(魚群)을 찾는 일만 하였다. 혹시 어군이 있더라도 밀집도가 너무 약해 밤새도록 바다에 그물을 넣고 끌고 다녀봐야 채산성은 거의 없었던 것이다. 물론 어군을 찾아내는 것도 쉬운 일은 아니었다. 야간에 본 어군이 주간에도 그 자리에 있을 거라고는, 또 주간에 그게 어획이 가능할 만큼 뭉쳐줄 거라고는 아무도 장담할 수 없었기 때문이다. 브리지에서 어군을 확인하는 것은 초음파 탐지기인데 야간에 볼 수 있는 어군이란 게 거의 콩알만 한 초음파반응 자국이었다. 그걸 보고 아침이나 주간에 조업을 할 수 있을 정도의 어군이 될 거라고 확신하는 것은 거의 신념에 가까웠다. 그리고 어군의 이동을 예측하거나 논리적으로 추론하는 것 역시 쉬운 일이 아니었다. 그걸 혼자서 판단하는 항해사는 거의 없었다. 왜냐하면 다음 날 어획성적의 부진에 대한 위험부담이 너무 컸기 때문이다.

그래서 어군은 주로 나라별로 힘을 합쳐서 탐지하였다. 한국 어선들은 회사별 혹은 야간에 당직을 서는 수석 1항사(야간조업을 책임지고 야간전투를 벌인다는 의미에서 야전사령관이라고 불렀음)들의 '인간관계'가 어군 탐지의 방향성을 결정하였다. 함께 몰려다니면 실패할 확률도 적을 뿐 아니라 실패를 해도 비난이 집중되지는 않기 때문이다. 간혹 야간에 콩알만 한 어군도 탐지할 수 없을 경우에는 먼 거리로 항해해서 어군 탐지를 나가기도 하는데, 몇 척이 모여 밤새도록 일정한 구역과 방향으로 항해하는 경우도 있었다.

수석 1항사는 아예 브리지에서 이탈하여 자기 침실에서 쉬기도 하였다. 하여 기록이 없어 광범위한 어군 탐지를 하게 되면 거의 쉬는 시간처럼 느껴지는 경우가 많았다. 그때는 하급 항해사(보조 당직자)가 항해를 주도하면서 간혹 어군 탐지기에 찍히는 점들의 위치를 어장도나 '비디오 플로터'에 표시해두었다. 이때는 수석 1항사와 마찬가지로 하급항해사도 기분 좋은 해방감을 누리게 된다. 그동안 기회가 없었던 보이스 교신도 마음대로 하고 다른 배 동기들의 소식을 듣기도 하기 때문이다. 그러나 해가 뜨기 직전에는 투망할 자리를 잡아야 했다. 보이스통신의 다양한 채널을 통해 어젯밤 다른 배들의 어군 탐지 정보를 수집하고 인간관계를 총동원해서 투망자리를 찾아야 했다. 어떤 첨단 계기나 어군탐지 능력보다도 인간관계가 더 중요하다는 걸 깨닫는 순간이었다.

투망 시간이 가까워지면 대부분의 수석 1항사들은 결국 최종합의(?)를 보게 된다. 투망 자리를 합의하지 못하였을 땐 마치 야간 어군탐지의 모든 수고가 물거품이라도 되는 것처럼 허둥대기도 한다. 하여 학교 선배나 경험이 많은 수석 1항사들이 선동(?)하고 투망 자리를 잡으면 그 부근에서 비슷한 방향으로 투망을 한다. 배의 크기와 예망 속력이 다 다르기 때문에 그런 것을 감안해서 투망을 한다. 가령 예망 속력이 느린 배는 빠른 배들보다 조금 앞에서 투망을 하도록 해준다. 다만 뒤에 오는 다른 배의 정면에서 같은 방향으로 투망하는 것은 금기사항이다. 어선에선 다른 어선의 그물이 지나간 자리를 자신이 다시 지나가는 것을 죽기보다도 싫어하기 때문이다.

중요한 것은 선장이 올라올 무렵과 본격적으로 밝아지는 시점, 즉 아침 8시쯤에 자신의 배 밑바닥에 어군이 밀집되어 있어야 '최고'라는 것이다. 하지만 그걸 맞추기란 신이 아니면 불가능하다. 그런 경이롭고 우연한 행운이 자꾸 생기면 좋을 뿐이다.

어군 탐지기에 어군의 기록이 하나도 찍히지 않는 것을 '백판(白板)'이라고 하는데 선장이 브리지에 올라왔을 때 백판이 계속해서 나온다면 수석 1항사는 매우 곤란한 지경이 된다. 더구나 선장이 올라왔음에도 불구하고 계속해서 어군탐지기의 백판을 보게 된다면 그것은 정말 면목 없고도 억울한 상황이라고 할 수 있다. 그때 지난밤에 일어났던 일, 즉 자신은 결코 알 수 없었던 한계와 무능함의 무게가 온몸으로 서서히 가위처럼 눌러옴을 느끼게 된다. 아무리 야간에 열심히 어군 탐지를 했다고 하더라도 주간에 기록을 만들어내지 못한다면 야간에 불성실한 어군 탐지를 한 것으로 의심받을 수 있기 때문이다. 간혹 성질이 급한 선장은 백판이 계속될 경우 참지 못하고 그 자리에서 양망(揚網)해서 어장을 이동하여 다시 투망하는 경우도 있다. 하지만 가급적이면 아침에 양망하여 어장을 이동하지 않는다. 어군이 밀집을 시작하는 시간이기에 아침 그 몇 시간은 그날 하루의 어획성적에 중요한 시점이고, 양망하고 투망하는 시간이 너무 길기 때문에 꾹 참으면서 예망을 계속한다.

　간혹 야간에 좋은 어군 기록을 발견하여 미국 경제수역(200마일 이내) 이내에서 투망을 할 때도 있다. 하지만 그때도 대책 없이 마구잡이로 하는 게 아니라 200마일을 기준으로 하여 약 10~15마일 정도 들어간 곳에서 공해 쪽으로 빠져나오는 방향을 택해야 한다. 이때 일본 어선들의 동향은 매우 중요하다. 그들의 정보력은 빠르고 정확하기로 소문나 있었는데 미국 해안경비대의 본부가 있는 코디악(Kodiak)에 정보원이 암약(暗躍)하고 있다는 소문도 있었다. 그러므로 우리 위치보다 경제수역 안쪽으로 일본 어선이 있는 날은 안전한 날이라고 생각하였다. 그런 정보는 예전에 한국 어선에서 근무했던 일본 어로장으로부터 흘러나오기도 하였다. 하지만 그런 방식의 투망을 선장들이 좋아하는 것은 아니었다.

　사실 미국의 해안경비대에서는 가끔 공해까지 비행기를 출동시켰기에 고성능 카메라에 사진이 찍히게 되면 선장들은 골치가 아파졌다. 북양어장에 출어하는 어선들은 배 양현(舷)의 외판과 탑 브리지(top bridge) 바닥에 아주 크게 신호부자(call sign)를 적어놓았기 때문에 쉽게 판별이 가능하였다. 인공위성이나 GPS가 발달한 요즈음은 생각할 수도 없는 이야기이다.

　1970년대 이전, 북양어장의 전성기 때 공해 조업에서는 저층 트롤어구로도 좋은 어획성적을 올릴 수 있었다고 들었다. 하지만 1986년에는 명란 철에만 잠시 공해조업이 가능했을 뿐 그 이외의 기간에는 조업할 가치가 없을 정도로 어획이 형편 없었다. 그 많던 명태는 다 어디로 가버렸을까. 명태 어군은 그 대로 있는데 어업 기술이 못 따라가서 잡을 수 없었던 게 아니라 과도한 남획으로 어군이 대폭 감소해서 그랬을 것이다. 내가 처음 출항한 그 항차엔 그래도 가끔은 야간에 조업이 가능할 정도의 어군이 밀집해 있었다. 저녁에 투망하여 밤새도록 그물을 끌고 다니면 2,000팬 정도가 잡혔으니까. 하지만 대부분 야간에는 주간 조업을 위해 어군을 탐지하는 일만 했다.

1986년에는 모두 '로프망(rope net)'이라고 하는 중층트롤용 전문 그물을 사용하였는데 그것은 그물의 날개(소매) 부분이 특수한 재질의 로프로 만들어진 것으로, 그물코의 길이를 현저하게 키운 그물이었다. 보통 그물 한 코라고 하면 크다고 해도 손바닥 정도의 크기를 떠올릴 텐데, 맨 처음 개발된 로프망도 그물코 하나의 길이가 1미터가 넘을 정도였다. 그렇게 되면 바닷속에서 펼쳐진 그물의 크기가 엄청나게 커지고 물의 저항을 적게 받는다는 장점이 있었다. 그물코가 그렇게 크더라도 바닷속에서 전개되어 그물을 끌고 다니게 되면 그물코 사이에 물 흐름으로 인한 장벽이 생겨 한 번 들어온 물고기가 빠져나가지 못한다는 데 착안한 것이었다. 로프망 덕분에 중층트롤 그물의 크기는 엄청나게 커지고 바닷속에서 그물을 끌고 다니는 예망의 힘(속력)도 엄청나게 증가되었다.

중층트롤어구에서는 그물의 입구, 즉 망고(網高)가 가장 중요한데, 1,500톤급 트롤어선에서는 자그마치 망고가 50미터가 넘었고 5,000톤급에서는 100미터나 되었다. 사실 말이 50~100미터이지 육상에 있는 건물 높이와 비교해보면 엄청난 것이었다. 보통 주간에 형성되는 어군의 덩치가 몇십 미터에서 겨우 100미터 안팎인 것을 생각한다면 로프망의 거대함은 놀랄 정도다. 하지만 그렇게 첨단의 거대한 어로 장비를 갖고도 자체 조업의 어획 성적이 좋은 편은 아니었다. 어군이 확 줄어버렸기 때문이다. 그런데 공해에서 자체조업으로 얻게 되는 어획물은 왠지 공짜라는 느낌을 주는 모양이다. 회사에서는 가급적이면 공해조업을 오랫동안 하라고 하였으니까.

어구가 점점 첨단화되고 거대하게 되는 것은 어쩌면 인간의 슬픔일 수도 있다. 자업자득, 혹은 자승자박이라고나 할까. 자연이 그들의 산물을 우리에게 공짜로 주는 것은 맞지만 인내력의 한계와 규칙을 갖고 있다. 마치 인간의 간(肝) 같다고나 할까. 어느 정도까지는 증세조차 없다가 한 번 무너지기 시작하면 도저히 손 쓸 수 없는 지경에 이르게 되고 만다. 더불어 자연과 인간의 관계는 '호흡' 같은 게 아닐까. 한 번 들이마시면 반드시 한 번은 속에 있는 것을 내뱉어야 하는 것과 같은 이치 말이다. 무엇이든 순환하여 돌아오는 것이다. 그런 생각을 한다면 자연이 주는 공짜라는 게 인간을 중심으로 흐르는 일방적인 흐름도 아니고 그렇게 되어서도 안 된다는 것을 금방 알게 된다. 그럼에도 불구하고 우리는 자연의 인내력은 한계가 없을 거라고 착각하며 살아간다. 그런 착각이 생산성의 욕망을 더욱 부풀리고 결국 태양에 근접한 '이카루스'가 추락한 것처럼 우리 역시 깊은 나락으로 추락하게 될 것이다.

그물과 벌이는 사투
중층트롤 어업

투망(投網)

아침이면 야간의 기록과는 다른 형태의 기록이
생성되거나 야간에 있었던 기록이 다른 곳으로 이동하는 수가
있다. 기록의 이동은 약간의 규칙성을 갖고 있는데 그걸 잘 찾
아내야 한다. 하지만 그건 쉬운 일이 아니다. 가령 어군이 며칠
동안은 동쪽이면 동쪽, 북서쪽이면 북서쪽 따위로 이동하다가
어느 날 기록이 뚝 끊어져 한동안 헤매기도 하고, 전혀 생각지
도 못한 해역에서 새로운 기록을 발견할 수도 있다. 그 기록이
예전의 기록과 어떤 관계인지는 알 수 없다. 어쩌면 자연이 갖
고 있는 '우연성'이라고 하는 본성일 것이다. 그 카오스 같은
복잡성을 인간이 초음파라는 단순한 계기(計器)로 어떻게 알
수 있을까. 인간은 그저 그것을 쫓아다닐 뿐이다. 그러고 보
면 어군탐지는 '무리들의 습성' 같다는 생각이 든다. 마치 늑대
무리가 먹이를 잡기 위해 긴 거리를 쫓아다니는 방식과 비슷
해 보인다. 기계음과 함께 찍히던 닮거나 혹은 전혀 닮지 않은

점들, 그걸 쫓는다는 것은 칠흑같이 어두운 공간에 뿌려진 야생의 시간을 건너가는 긴 여정이라고 해야 할 것이다.

해가 뜨기 전 수석 1항사는 좋은 자리를 골라 투망을 해야 한다. 아침에 투망하는 자리를 '지게자리'라고 하는데 나무꾼이 나무하러 가서 좋은 위치에 지게를 놓는 것처럼 조업하기가 쉬운 자리라는 의미를 갖고 있다. 중요한 것은 투망지점에서 어군이 발견되는 게 아니라, 아침 8시를 전후해서 밀집된 어군을 만날 수 있는 지점을 예측하여 투망하는 것인데 그것은 매우 힘든 일이었다. 겨울철 북양어장은 바다가 호수처럼 잔잔한 날이 거의 없었다. 로프망은 가볍고도 예민하여 기상이 나쁘면 투망하기가 여간 어려운 게 아니었다. 바람이나 파도가 있는 날, 추운 새벽에 몇 번이고 투망을 실패하여 다시 할 때가 많았다. 그게 너무 어렵고 힘들었으므로 몇 번의 시도 끝에 투망을 성공하면 갑판에서는 갑판장을 비롯한 갑판부원들이 만세를 부르기도 하였다. 독립만세가 아니라 '투망만세'인데 그걸로 끝나는 것은 물론 아니었다. 로프망의 그물코가 너무 커서 바다의 여러 상황에 의해 엉켜버리는 경우가 많았기 때문인데 투망이 성공했는지에 대한 최종 판단은 브리지에서 하였다.

브리지에서 그물을 던지라는 '렛고(let's go)' 신호를 하면 선미(船尾)에서 카고 윈치(cargo winch) 후크(hook)에 코드엔드 끝을 걸어 바다로 던진다. 코드엔드가 바닷속에 들어가면 배가 전진하는 힘 때문에 그물 몸통이 슬립웨이(slipway)로 딸려 내려간다. 이때 가장 중요한 것은 로프로 되어 있는 그물의 소매와 입구 부근이다. 특히 그물 입구엔 '네트존데(net sonde, 바닷속에서 그물의 상태를 수신하고 그 정보를 어선의 선저에 있는 감지부로 알려줌)'라고 하는 전자계기가 부착되어 있으므로 그게 물속으로 들어가면서 뒤집어지거나 그물코에 걸리면 절대 안 된다. 그게 뒤집어지면 그물의 상태는 물론 어군이 그물 속으로 얼마나 들어가는지를 브리지에서 알 수 없기 때문이다. 그래서 갑판장은 로프 부분이 바닷속에 들어가면 일단 멈추게 해서 그걸 잘 살핀다. 엉키거나 뒤집어진 게 없다는 것이 확실해야 계속해서 그물과 연결된 후릿줄(pendent wire)을 풀어준다. 후릿줄은 전개판(otter board)에 연결되어 있다.

전개판은 트롤어선을 상징하는 것 중 하나로, 그물의 좌우 폭을 넓혀주는 어구인데, 비행기 날개의 원리를 이용해서 바닷속에서 옆으로 자꾸 벌어지려는 힘을 갖게 된다. 그물과 연결된 후릿줄이 다 나가면 전개판은 트롤윈치에 감겨 있는 메인 와이어와 연결된다. 예전엔 물속에서 그물을 옆으로 전개하는 게 어려워 두 척의 배(쌍끌이 저인망)가 그물을 끌었는데, 전개판 덕분에 한 척의 배(외끌이 저인망)로도 가능해졌다. 메인 와이어와 연결된 전개판은 이제 트롤윈치로 조정해서 트롤 그물 전체를 어군이 밀집해 있는 수심까지 내려야 한다. 하지만 이때부터 중요한 것은 트롤 그물이 바닷속에서 제대로 전개되고 있는지를 확인하는 일이다. 그것은 브리지의 '네트레코더(net recorder, 그물의 입구에 장착되어 있는 네트존데로부터 발신된 그물 및 어군의 정보가 선저의 감지부로 전송되고 그 정보를 다시 브리지에서 수신하여 최종적으로 정보가 기록되는 계기. 그물의 상태와 어군, 그리고 그물 속으로 들어가는 어군의 모습을 보여주는 계기이며 망고계網高計라고 함)'를 통해서 알 수 있다. 아무리 갑판장이 꼼꼼하게 확인하고 '투망만세'를 외쳤다 하더라도 브리지의 네트레코더가 제대로 나오지 않으면 투망은 실패한 것으로 본다. 그러면 그물을 올려 다시 투망하는 수밖에 없다. 처음 '로프망'이 나왔을 땐 이런 투망 작업을 서너 번씩 하는 경우가 많았다. 선미에 가급적 와류가 생기지 않도록 배의 속도를 최대한 낮추기도 하고 심지어는 투망하고픈 방향과는 상관없이 가급적이면 평온한 해면 상태를 유지할 수 있는 방향으로 투망하기도 하였다. 한 번 투망할 때 30분 정도가 걸리는데 추운 새벽에 잘못되어 투망을 몇 번 하게 되면 선원들과 항해사는 완전히 지쳐버린다.

이렇게 힘든 투망이 끝나고 나면 수평선이 희뿌옇게 밝아온다. 어제와 같은 아침처럼 보이지만 어제의 흔적이 한 꺼풀 정도 벗겨진 아침이라고나 할까. 그건 어제와 동일한 아침이라는 뜻이 아니다. 낮게 드리운 태양의 감빛 광채를 머금은 겨울의 황혼 같은 아침, 그 아침 풍경은 아주 옅게 벗겨지는 것으로부터 시작하는 것 같았다. 그때 바다 위에서 꿈틀대던 인간도 꿈틀대기를 멈추고 한 번쯤은 아침 하늘을 쳐다보게 되는데, 어젯밤의 흔적도 허물처럼 벗겨지다 못해 짓물러지고, 잠자리 옷처럼 얇은 기억의 막들이 마치 흐르기를 멈춘 시간처럼 칸칸이 바라보는 방향으로 미세하고도 가득하게 우리에게 밀려오는 아침이라고 해야 할 것이다.

예망(曳網)

투망이 끝나면 바닷속에서 그물을 끌고 다니게 되는데 그런 일련의 작업을 예망(曳網)이라고 한다. 보통 트롤어선들의 예망 속도는 5노트(knot) 정도가 된다. 예망 속도가 빠를수록 어획뿐 아니라 여러 가지 측면에서 유리하다. 속도가 빠르기 때문에 남들이 두 번 끌고 다닐 구간을 세 번 다닐 수도 있고 빠르기 때문에 다른 배 앞을 자신이 가로질러 갈 수도 있다. 하지만 트롤선에서는 이미 예망을 하고 있는 다른 배 앞을 자신의 그물을 끌며 지나가는 건 큰 실례를 범하는 것으로 되어 있다. 어쩔 수 없어 잠시 침범하는 것은 몰라도 다른 배 앞에서 계속해서 그물을 끌고 다니며 자신의 선미 부분을 뒤에 오는 배에 보이도록 한다는 것은 욕먹을 짓이었다. 그때 다른 배에서 어떤 쌍욕을 하는지는 알 수 없다. 자동차 운전석에 앉으면 '괴물'이 되는 것처럼, 상대방이 들을 수 없다는 이유로 심한 욕을 하는 사람도 있었다. 투망 직후 일정 시간은 같은 방향으로 줄을 서서 예망하는 게 보통이다. 각국의 선단은 비슷한 해역에 모여서 그렇게 평화롭게(?) 예망을 한다.

　다른 나라의 어선들에 비하면 한국 어선들은 노후하여 예망 속도가 느린 편인데, 우리 어선 중에는 일본의 '중고(中古) 어선'이 많았다. 대서양, 인도양에서 조업하는 기지선도 1980년대엔 일본으로부터 중고어선을 구입하여 투입하였다. 선박대금을 한 번에 다 주고 구입하는 경우도 있었지만 할부로 구입하는 경우도 많다고 하였다. 그래서 대금을 다 지급할 때까지는 배의 선적항을 파나마와 같은 제3국으로 해놓았다가 대금을 다 지불하면 우리나라로 변경하곤 했다. '편의치적선(便宜置籍船)'이라고 하는데 세금혜택 등 여러 가지 이점이 있는 걸로 알고 있다. 일본 어선들은 배의 성능, 그물, 정보력 등 모든 면에서 최고라고 할 수 있었다. 그래서 종종 우리는 일본 어선들이 어디서 조업을 하는지에 대한 정보를 찾느라 부산을 떨기도 했다. 간혹 한국 어선에 일본인 어로장이 승선하는 경우가 있었고, 예전에 한국 어선에 승선했던 어로장이 일본 어선에서 일하는 경우가 있었는데 그럴 땐 인맥을 이용하여 정보를 얻는 경우가 있었다. 반면에 러시아나 폴란드 어선들은 어선의 성능은 좋을지 몰라도 투망이나 예망은 엉망이었다. 특히 폴란드 어선들은 자신의 예망코스를 절대로 변경하지 않으려고 고집하는 북양어장의 '무법자'에 가까웠다. 그래서 예망 중 그들과 코스가 걸릴 것 같으면 일찌감치 우리가 조금씩 변침(變針)을 하여 걸리지 않도록 하였다.

예망에 있어서 배의 속력(힘)은 매우 중요하다. 그래서 브리지에서는 배의 속력을 늘 최대로 하고 싶어 한다. 당시 북양트롤선들은 대부분 CPP(control pitch propeller)라고 해서 '가변피치프로펠러' 방식을 사용하고 있었다. 이것은 배의 속력을 높일 때 엔진의 회전수를 높이는 RPM(분당 엔진 회전수) 방식이 아니라, RPM은 늘 최대로 한 채 프로펠러 날개의 각도를 조정하는 방식의 엔진이다. 선풍기를 상상하면 쉽게 이해가 된다. 선풍기의 날개가 지금처럼 되어 있지 않고 만약 책받침처럼 평평하다면 아무리 돌려도 바람이 일어나지 않을 것이다. 반면에 날개의 각도를 지금과 반대방향으로 한다면 바람은 앞으로 나오지 않고 뒤로 나갈 것이다. 트롤선에서는 피치각도(날개각도)를 기관실에서 조정하지 않고 브리지에서 조정한다. 대형 상선의 경우는 RPM 방식을 사용하므로 속도를 높이려면 회전수를 높이고, 후진하려면 회전 방향을 바꾸는데 그에 반해서 트롤선들은 회전수나 방향이 늘 일정하다. 트롤선은 이런 방식이 아니면 조업이 불가능하다. 왜냐하면 투망, 예망, 양망 할 때 늘 다양한 엔진을 즉각적으로 사용해야 하기 때문이다. 그러다 보니 기관실은 엔진의 사용에 있어서 소외되는 경우가 많다.

하여 브리지가 기관실의 사정도 모른 채 과도하게 엔진을 사용할 때가 많았다. 그럴 때면 기관실에서 브리지로 엔진을 과도하게 사용하지 말라고 연락이 오기도 한다. 이때 기관장과 선장의 관계가 큰 변수인데 보통의 어선에선 기관장이 선장에게 엔진 사용에 관한 건의는 할 수 있을지언정 강력한 항의는 하지 못한다. 기지선에선 더욱 그렇다. 하지만 기관장이 학교의 선배이거나 적어도 동기일 경우 엔진을 과도하게 쓴다 싶을 때마다 브리지로 전화가 올 수도 있다.

그때 항해사들은 중간에 끼어서 곤욕스러울 때가 많다. 엔진을 장기간 과도하게 사용하여 실린더 헤드에 무리가 가서 조업 중 수리를 위해 엔진을 멈추어야 할 때도 있다. 북양의 기상을 생각할 때 엔진을 멈춘다는 것은 참으로 위험한 일이다. 기관실과 브리지 간의 힘의 관계라는 게 참 묘하여 서로의 불만사항이 수뇌부끼리 바로 전달되는 경우는 드물고 보통은 하급 항해사나 기관사들을 통해서 전달된다. 함께 목욕을 하다가 문득 기관사가 항해사에게 '배기온도가 너무 높다, 엔진 좀 무리하게 쓰지 말라'고 말하는 방식 말이다. 하지만 브리지로선 순간순간 다른 어선과 경쟁적으로 예망을 해야 할 때가 있으므로 그걸 잊어버릴 때가 많았다.

중층트롤어선에 소나(sonar)라고 하는 수평분해능(分解能)이 가능한 어군탐지 장비가 없었을 때는 비교적 한 방향으로 몇 시간씩 예망을 하였다가 어군 기록이 끊긴다 싶으면 방향을 돌리곤 했다. 하지만 소나의 보급률이 높아지면서 예망 방향은 소나가 기록을 잡아내는 방향으로 변경되기 일쑤였다. 간혹 소나가 있는 어선과 없는 어선이 조업을 같이 하는 경우가 있는데, 이때는 여간 힘든 게 아니다. 소나가 있는 어선에서 어군이 탐지되어 오른쪽으로 가고 싶은데, 옆에 있는 소나가 없는 어선은 그걸 알 수 없으므로 예망 방향 바꾸기를 꺼리는 것이다. 나중에 거의 모든 어선이 소나를 장착하고 난 뒤에는 예망의 방향이 일정하지 않고 제멋대로여서 그물 사고가 날 확률이 더 높아졌던 것 같다. 보통의 어군 탐지기는 수직분해능만 가능해서 자신의 배 밑 부분의 일정한 범위만을 알 수 있었다. 저층트롤 어업에선 소나가 거의 필요 없지만 공해어장 같은 광활하고 수심이 깊은 중층트롤 어업에서 소나는 거의 절대적이라고 할 수 있다.

주간에 공해어장의 명태는 일정한 수심에서 밀집된 상태로 머물러 있는데 수심 구간은 보통 200~400미터 정도가 되었다. 예망 중에는 그물을 그곳까지 내려야 했는데 대략 메인 와이어 길이를 수심의 3배 정도 풀어주면 되었다. 가령 200미터에 그물을 맞추고 싶으면 전개판에 연결된 메인 와이어를 600미터 정도 주는 식이다. 당시까지만 하더라도 '습식기록지'를 사용하는 경우가 많아서 브리지는 탐지기록을 습식기록지에 기록하는 감지바늘(황동으로 만든 펜) 움직이는 소리로 요란했다. 습식기록지의 원리는 일종의 전기 자극에 대한 화학반응이었는데, 나중에 '왔다 갔다' 하면서 기록하는 '기록 펜' 대신에

'멀티 펜'이라고 해서 같은 '습식기록지'식이라고 하더라도 소리 없이 기록하는 계기가 나왔다. 어군의 밀집 두께가 있으므로 그 두께의 어느 부분에 그물을 맞추어야 하는지는 그때그때 달랐다.

그물이 수심에 대략 맞추어지면 브리지에 있는 네트레코더를 통해서 명태가 그물 속으로 들어가는지 확인하면서 다시 미세하게 메인 와이어의 길이를 조정해야 한다. 가령 어군이 밀집한 윗부분(기록의 상단 부분)에 맞추면 입망(入網, 어군이 그물로 들어가는 것)되는 경우도 있었고 중간이나 바닥에 맞추어야 입망되는 경우도 있었다. 하지만 입망을 위해 와이어를 주었다 감았다 하면서 그물을 자주 움직이는 게 그리 좋은 것은 아니었다. 왜냐하면 와이어를 풀어줄 때는 큰 영향이 없지만 감을 때는 바닷속에 펼쳐진 거대한 트롤 그물의 장력 때문에 배의 예망 속도가 거의 제로에 가까워지고, 그 순간부터 그물이 안정될 때까지는 입망이 순조롭게 되지 않기 때문이다. 그러므로 처음부터 와이어를 다 풀어주지 말고 입망을 확인하면서 미세하게 조정하여야 했다.

더불어 예망 중에는 배를 자유자재로 조선(운전)하기 어렵다. 예망하는 것을 '방질'(투망부터 예망, 양망까지를 모두 통칭하는 말)이라고 하는데 고기도 잡아야 하고 다른 배와 예망 방향이 엉키는 것도 미리미리 피해야 하는 어려움이 있었다. 특히 기상은 좋지 않은데 기록이 있어 배들이 좁은 코스로 몰릴 때는 그물 사고는 물론 배들끼리 접촉사고도 날 수 있었다. 안개가 많이 끼는 여름철 북양어장의 해면은 호수처럼 잠잠하지만 시계(視界)는 거의 제로가 되어버려 하루 종일 레이더를 켜놓고 쳐다보면서 조업해야 했다. 특히 당시엔 상대 선박의 항적(航跡)을 추적하는 알파레이더가 없어서 항해사들이 일일이 레이더의 커서(cursor, 레이더의 스크린 위에 있는 방위 및 거리 측정용 투명판 위에 그어진 금)를 맞춰서 감시해야만 했다.

특히 야간조업 중엔 주간과 달리 다른 배의 불빛만 보고 그게 무슨 배인지를 알아야 한다. 배는 야간에 항해나 조업에 관련된 불만 켜고 모두 소등한다. 그리고 실내 불빛도 가급적이면 밖으로 새어 나오지 않도록 한다. 야간에 항해하는 배를 멀리서 보면 서너 개의 불빛밖에는 보이지 않는다. 상선과 어선은 마스트(mast)와 브리지(船橋)의 배치가 달라 불빛만 보면 금방 알 수 있다. 그게 아니라도 어장 근처로 근접하여 항해하는 상선은 거의 없으니까 문제가 되지 않는다. 어선도 어법에 따라 불빛의 배치가 다르다. 그리고 북양트롤어선의 경우도 나라마다 불빛의 배치와 색깔이 조금씩 다 다르다. 외국 어선의 이름까지는 세세하게 알 수 없지만 자신의 배 앞에 있는 한국 트롤어선의 이름 정도는 알아야 하는 게 항해사의 임무다. 쌍안경으로 불빛을 척 보면 어느 나라 배인지, 한국 어선이라면 선명(船名)이 무엇인지 알아야 했다. 그래야만 서로 코스가 걸려도 보이스 교신으로 호출하여 피할 수 있었고 그곳의 조업정보도 알아낼 수 있었다.

처음 항해사로 승선해서 가장 어려운 것 중 하나가 이것이다. 적어도 몇 개월은 고생을 해야 알 수 있게 되는데, 상급자가 불쑥 물어보았을 때 모른다고 하면 혼나는 것은 차치하고라도 야간당직자로서 무능력하게 보였기 때문이다. 가끔 상급 항해사 중엔 자신의 초보시절은 잊은 채 그것으로 하급자를 괴롭히는(?) 인간도 있었다. 당시 북양어장에는 한국 어선들이 20여 척밖에 안 되었지만 합작 사업을 하러 미국 경제수역 내로 들어가면 자신의 파트너인 자선(子船)들의 불빛도 알아야 했으므로 그게 쉬운 일은 아니었다. 하지만 숙련이 되면 불빛만봐도 다 알 수 있었다. 그것은 이성이 아니라 '몸의 감각'이었다. 자신도 모르는 사이에 어떤 경지에 오르는 '달인'이 된다고나 할까.

양망(楊網)

양망은 끌고 다니던 그물을 배로 올리는 작업이다. 양망을 시작할 때는 양망을 알리는 부저가 울리고 트롤윈치로 메인 와이어를 감기 시작한다. 하루에 한 방 조업하는 걸 생각하면 그날을 마감하는 시간이다. 와이어를 감는 것만으로도 5분 정도가 걸리는데 양망은 투망의 역순이라고 생각하면 된다. 메인 와이어를 다 감으면 전개판이 올라오는데 전개판이 수면에 뜨기 직전엔 윈치를 천천히 감아야 한다. 잘못하면 전개판이 선미의 선저(船底)와 충돌하여 전개판에 연결된 와이어가 끊어지거나 선미의 외판(外板)이 찢어지는 사고가 날 수도 있다. 보통 트롤선에는 '윈치실과 윈치 맨(winch man)'이 따로 있고 조업 중엔 갑판부원 중 몇 명이 교대로 늘 윈치실에서 당직을 선다. 하지만 오만어장에 있을 때는 윈치컨트롤 박스(조작반)가 브리지 안에 있어서 항해사인 내가 직접 잡았다. 처음엔 그런 시스템에 적응하는 데 무척 고생을 하였지만 나중엔 오히려 그게 편한 것 같았다. 전개판을 최대한 당겨 선미에 있는 갤로우스(gallows, '교수대'라는 뜻으로, 트롤어선의 선미에 있는 전개판 등을 걸어두는 육교 모양의 마스트)에 걸면 그물에 연결된 후릿줄을 감는다. 그러고는 곧이어 갑판으로 날개그물과 몸통그물이 올라오기 시작하는데 그때 선미나 브리지에서 코드엔드를 보면 명태가 대략 얼마나 들었는지 알 수 있다.

어획이 좋으면 코드엔드가 선미 쪽 멀리서부터 수면으로 약간 뜨게 된다. 그건 아마도 명태의 부레 때문일 것이다. 양망에서 가장 중요한 작업이 바로 어획물이 든 코드엔드를 갑판으로 올리는 작업이다. 1500톤급 HK호의 경우 일단 명태가 2,000팬 이상 들면 갑판장이 더블블록(double block)이라는, 배력(倍力)이 더 강력한 블록으로 코드엔드를 올린다. 코드엔드와 몸통 그물의 연결 부위까지 어획물이 꽉 차면 '한 방 떴다'

고 하는데 그렇게 빵빵한 코드엔드를 갑판 위로 올리는 것이 쉬운 일은 아니다. 가끔 너무 많이 들어서 그 상태로는 코드엔드를 갑판 위로 올릴 수 없을 경우 갑판원(주로 갑판장)이 선미 쪽에서 그물을 타고 내려가서 코드엔드 끝의 밑 부분 그물코를 칼로 조금 찢는 경우가 있다. 일명 '설사'라고 하는 건데 어획된 명태를 조금 버리면서 재빨리 코드엔드를 갑판으로 올리는 방법이다. 그때는 엄청나게 많은 갈매기 떼들이 명태의 속살을 먹기 위해서 달려든다. 그 자지러지도록 울리는 생명들의 함성소리가 지금도 내 귀에 쟁쟁거리는 것 같다.

트롤어선의 선미는 그물을 올리고 내리기 좋도록 경사면으로 되어 있는데 그곳을 '슬립웨이(slipway, 선미의 경사면)'라고 부른다. 이곳으로 코드엔드를 끌어올릴 때 브리지에서 해야 할 일은 배가 좌우로 흔들리지 않도록 하는 것이다. 기상이 좋지 않을 땐 배를 돌려서라도 코드엔드를 안전하게 올릴 수 있도록 해주어야 한다. 코드엔드가 갑판에 올라오고 난 후에도 배가 좌우로 흔들리지 않도록 해주어야 하는데 잘못하면 육중한 코드엔드에 갑판원이 깔리는 사고가 날 수도 있기 때문이다. 코드엔드가 갑판에 올려지면 갑판 위에 설치된 처리실과 연결된 문을 열어 그곳으로 어획물을 붓는데 한 번 만에 쭉 붓는 게 아니라 코드엔드의 밴드들을 카고 윈치 후크에 걸어 들었다 놓았다 하면서 단계별로 부어야 한다. 그리고 어획물이 잘 미끄러져 내려가도록 '동키호스(donkey hose, 갑판에 설치된 해수용 호스)'로 해수(海水)를 흘려주기도 한다. 어획물은 처리실에 있는 '피시본드(fish pond, 물고기들의 연못이라는 뜻인데 pond는 면세창고라는 뜻도 있음)'에 부어지는데, 피시본드는 갑판에서 아래로, 즉 처리실 쪽으로 내리면서 열 수 있는 육중한 유압식 문과 연결되어 있고 그 문을 '피시본드 해치(hatch)'라고 한다. 어획량이 5,000팬 정도 될 경우 어획물을 피시본드에 붓는 것만으로도 몇십 분이 걸린다. 당시 북양의 공해어장에서는 하루에 한 방 그러니까 아침에 투망하여 주간 내내 그물을 끌고 다니다가 해가 지면 양망하는 것이 보통이었다. 야간 조업이 없을 경우 양망이 끝나면 다음 날 새벽 투망할 준비를 해놓고 갑판부원들도 처리실로 내려가 어획물을 처리하였다.

「행복한 설사」

쌍안경에 눈깔을 박은 3항사.
"이빠이 들었네예, 고또(code end)가 터질 정도로"

선미(船尾)를 향해 목을 빼던 처리원들은
담배를 입에 문 채 모두 처리실로 내려가고
갑판원 하나가 따블블록을 가져간다.

선미방향 저 멀리 둥둥 떠오른 코드엔드는

차가운 지구의 껍질,

북태평양 거친 파도 위에서

뱃놈들의 생애가 헹구어지고 있다.

청춘은 34미리 스틸 와이어 같은 것

쩍쩍 소리를 내며 드럼(winch drum)에 감기고,

심해에서 올라온 와이어들은

서로 짓이겨지면서 수압의 기억을 새긴다.

구리스(grease) 속으로 뚝뚝 흐르는

소금기의 혼백을 새겨 넣는다.

양망은 각개전투처럼 숨 막히게 진행되고

갑판장이 보망칼(deck knife)을 꺼내 들고

공룡의 등걸을 붙잡고 슬립웨이를 내려간다.

트롤 그물이 힘에 겨워 숨을 몰아쉬고 있다.

갑판장이 그의 배때기를 가른다.

명태들이 쏟아져 내린다.

상처 딱지 같은 간밤의 눈바람이 떨어진다.

행복한 설사다.

갈매기 떼들이 자지러질 듯 울어대며

심해의 내장을 쪼아 먹는다.

처리실 풍경
명란 해체작업

피시본드에 부어진 어획물(공해어장에서는 주로 명태)은 컨베이어 벨트를 타고 처리대로 나오면서 곧바로 처리부원들에 의해 처리되는데, 어획량에 따라 처리 방법이 달랐다. 명란 철이 아니라면 대부분의 명태는 그냥 팬(pan, 직사각형으로 양철로 제작)에 담겨지는데 그걸 '라운드(round)' 처리라고 하고, 가장 빨리 처리할 수 있는 방법이다. 어획물을 팬에 담는 걸 '나열'이라고 하는데 명태의 경우 머리가 팬의 가장자리로 가도록 하여 양쪽으로 담고 그렇게 두 겹으로 담는다. 그때 팬의 중앙은 명태의 꼬리 부분이 만나면서 움푹 들어가게 되는데 좀 더 작은 사이즈의 명태로 그곳을 메우고 그걸 '앙꼬'라고 한다. 팬의 한쪽 끝에 명태 다섯 마리를 가지런하게 놓을 수 있는 크기라면 '5통' 사이즈라 부르고 여섯 마리면 '6통'이라고 한다. 가장 큰 사이즈가 4통이며 8통 이상은 '노가리'라고 해서 당시엔 라운드 처리를 하지 않았다.

명란 철에는 명란을 채취해야 하므로 머리를 자르거나 배를 갈라서 제품을 만드는데, 머리를 잘라 명란을 꺼내고 나머지 몸통 부위를 제품화하는 것을 '드레스(dress)'라고 한다. 명란을 채취하기 위해 배만 가르는 것은 '할복'이라고 하고, 명란을 꺼내고 난 다음 할복된 몸통을 '할복태'라고 한다. 필요에 따라 할복태도 제품으로 만들 때가 있었다. 그것들은 육지의 공장에서 가공제품의 원료로 사용되었다. 당시 수루미(surumi)라고 해서 이른바 '게맛살'의 원료를 만드는 게 주요한 처리 방법 중 하나였다. 1,500톤급 어선에는 수루미 기계가 없었고 대형어선들은 대부분 갖추고 있었다. '게맛살'은 실제 게의 살이 들어간 게 아니라 명태와 같은 물고기로 어육으로 만들고 게의 향을 첨가한 제품이다. 사실 북양트롤선 처리실은 육상의 여느 공장과 다를 바 없다. 엄청난 양의 어획물이 끊임없이 처리대로 밀려 나오고 처리부원들의 악다구니와 복잡한 기계음, 여기저기에서 이루어지는 분업과 협업을 볼 수 있다. 모두 컨베이어 속도에 맞춰 자신의 신체를 움직인다. 자신이 예전부터 늘 그렇게 일해왔던 것처럼, 마치 자신이 기계의 일부인 양 컨베이어의 속도를 한 번도 의심해보지 않고 몸을 움직였다.

합작 사업에서 어획량이 엄청나게 많을 경우 수놈은 바로 버리거나 라운드 처리를 하고 암놈은 할복하여 명란을 꺼낸 후 할복태 처리를 하였다. 그때 중요한 것은 손에 잡자마자 수놈과 암놈을 몇 초 만에 구별하는 것이었는데 그리 어려운 일은 아니었다. 배가 도톰하게 부르면서 배지느러미가 짧은 것은 암놈이었고, 배가 부르지 않으면서 배지느러미가 길면 수놈이었다.

명란 철에는 갑판부, 기관부, 통사부 3개의 부서가 인원에 걸맞은 할당량을 걸어놓고 경쟁을 벌이기도 하였다. 그땐 관련 부서의 선원들이 모두 동원되었다. 상금은 명란 보너스의 일부를 걸어놓고 하는데 지금 생각하면 조삼모사(朝三暮四)와 같은 게 아니었나 싶다.

처리부에는 3개의 반이 있었는데 처리대에서 명란을 채취하고 어획물을 자르거나 팬에 담는 나열반과 급냉(急冷)반, 어창(魚艙)반이 그것이었다. 나열반 중에서 신참 선원—수산전문학교 위탁교육생은 대개 이 일부터 시작함—은 주로 처리대 위로 올라가서 어획물을 팬에 담기 좋도록 밀어주는 역할을 하는데, 기상이 나빠 배가 많이 흔들릴 경우엔 힘들고도 위험한 작업이었다. 그리고 피시본드에 들어가서 처리대로 어획물이 나갈 수 있도록 처리대와 연결된 컨베이어 벨트 쪽으로 어획물을 밀어주는 작업이 있는데 이것 역시 매우 힘든 일 중 하나였다. 처리대 쪽 작업이 끊기지 않도록 하려면 어획물을 컨베이어 벨트 쪽으로 밀어주는 작업 또한 끊임이 없어야 하는데, 피시본드에 어획물이 꽉 차 있을 때는 컨베이어 스위치만 작동하면 되는 아주 쉬운 일이지만, 피시본드의 바닥이 드러나기 시작하면 사람이 직접 피시본드로 들어가서 밀대(판자로 만든)로 어획물을 일일이 밀어내야 했기 때문에 여간 힘든 게 아니었다. 그 일을 간혹 항해사나 선장이 운동 삼아 내려와서 할 때가 있었는데 그때 선원들이 상급자를 골려줄 작정을 하고 처리 속도를 높여버리는 경우가 있었다.

드레스(dress)는 머리를 자른 제품인데 피시본드와 처리대가 연결되는 부위에 전동 카터기를 설치하고, 스테인리스 철편을 이어서 만든 컨베이어 위에 명태의 머리 부위를 걸어두면 자동으로 명태가 커터기로 옮겨지면서 머리가 잘리는 구조였다. 다만 컨베이어에는 사람이 직접 명태의 머리를 걸어주어야 했기에 배가 많이 흔들릴 경우 카터기의 회전칼날에 손가락 등이 절단 당하는 부상을 입을 수 있는 위험성이 늘 노출되어 있었다.

팬에 담긴 어획물은 모두 급냉실에서 4시간 정도의 급속냉동을 하게 된다. 이렇게 얼리는 것을 어선에선 오히려 '굽는'다고 하였고, 구워진 어획물을 어창에 적재하려면 팬과 팬에 담긴 어획물을 분리해야 했는데 이 작업을 '탈팬(탈판)'이라고 한다. 급냉부가 하는 일이 어획물이 담겨진 팬을 급냉실 선반(conductor)에 넣거나 꺼내고 탈팬을 하는 일이다. 급냉실 선반에 그냥 어획물이 담긴 팬을 올려놓기만 하면 얼려지는 게 아니라 선반들끼리 강하게(전기나 유압의 힘으로) 눌러주어야 한다. 보통 선반은 5층 정도로 되어 있었고 선반 사이에 어획물이 담긴 팬을 올려놓고 위에 있는 선반으로 아래의 팬을 누르면 선반에 내장되어 있는 파이프로 냉매(冷媒)가 흐르도록 하여 급속(4시간 정도)으로 어획물이 냉동되는 장치였다.

탈팬이 끝나면 제품화된 어획물들은 컨베이어 벨트를 타고 어창으로 내려간다. 어창부는 이때 어창으로 내려온 냉동제품을 적재적소에 쌓는 일을 한다. 어종별로, 생산일자별로 어창의 균형을 맞춰가며 쌓아야 했다. 어창과 급냉실의 냉매는 모두 '암모니아 가스'를 사용하였는데 당시 선원들은 암모니아 가스가 남자의 정력에 좋지 못한 영향을 미친다고 해서 가급적이면 어창이나 급냉실에 오래 있으려고 하지 않았을 뿐 아니라 급냉부나 어창부도 하지 않으려고 하였다. 어창에서는 그렇게 심하지 않았는데 급냉실은 들어가면 매캐하고도 시큼한 암모니아 냄새가 코를 자극하였다.

처리실 특히 피쉬본드에서 작업하다 보면 공해상에서 가끔 연어를 발견할 때가 있었다. 미국의 경제수역 내에서는 연어가 금지어종이었지만 공해상에서는 그렇지 않았다. 다양한 어종이 잡히는 알래스카 연근해 어장과는 달리 공해에서는 명태가 대부분이므로 가끔 올라오는 연어는 귀한 대접을 받았다.

처리실 바닥은 늘 흥건하게 젖어 미끄러웠다. 항해사도 브리지 당직을 마치면 처리실 당직을 서게 되어 있었는데 항해사가 처리실에서 어슬렁거리는(?) 것을 선원들은 좋아하지 않았다. 항해사를 감시자로 여겼기 때문이다. 그래서 자의 반 타의 반으로 적당한 장소에서 쉬는(?) 항해사들이 많았고 처리실 상황은 처리장이나 반장을 통해 알 수 있었다.

기지선 조업에선 양망할 때마다 피시본드에 부어진 어획물의 구성 내용을 재빨리 브리지로 보고하는데 '맘보'라고 하는 이 보고를 토대로 다음 코스가 결정되었다. 보고는 어떤 어종이 몇 팬 정도 되는가 하는 정도로 구체적이어야 했다. 그와 함께 제품화하지 않는 어획물의 양과 해파리 등을 보고하고, 어획물을 처리하는 과정에서 처음 보고와 현격하게 차이가 날 때는 '정정보고'를 하였다.

물고기 잡는 배와 구매하는 배
합작 사업

공해어장에서 어획량이 현저하게 떨어지면 알래스카 연근해로 어장 이동을 하게 된다. 그곳은 미국의 경제수역 내, 즉 영토에서 200마일 안쪽에 있는 해역이다. 알래스카 어장은 광범위한 대륙붕으로, 수산자원의 보고(寶庫)라고 할수 있었다. 그곳에서는 자체조업이 아니라 미국 어선들과 '합작 사업(joint venture)'이 이루어졌다. 말이 합작 사업이지 한국 어선들이 미국의 어선들로부터 바다 위에서 물고기를 구매하여 가공만 하는 것이었다. 이렇게 가공만 하는 한국 어선을 모선(mother boat)이라 불렀고 미국 어선들은 자선(catcher boat)이라 하였는데, 모선들이 1,000톤에서 10,000톤까지의 대형선이라고 한다면 자선들은 100톤에서 300톤 내외의 소형선들이었다. 한국의 수산회사들은 미국은행에 달러로 미리 일정금액을 입금 해놓아야 자선들로부터 어획물을 받을 수 있었던 걸로 알고 있다. 기억나는 미국회사로 '프로피쉬(profish)'가 있었는데 미국 수산회사는 대리점 형태로만 운영되었고, 미국 자선들은 대부분 선장—captain과는 달리 작은 배는 skipper라고 함—을 비롯한 선원들의 독립채산제로 운영되었다. 우리 식으로 말하면 '보합제'와 비슷한데 이익금의 배당 비율은 우리와 달랐다. 고기를 별로 못 잡아도 우리보다 훨씬 많은 배당금을 받아 간다고 자선 선원들이 이야기하는 걸 들은 적이 있다. 자선은 다섯 명 정도의 선원들이 승선했는데 거친 알래스카 어장에서 그 작은 배로 고기를 잡는 그들의 도전정신만큼은 인정해주어야 했다. 승선 경험이 많은 웬만한 경력자들도 그런 배를 타면 뱃멀미를 느낀다고 하였다. 우연한 기회에 자선들의 현황을 본 적이 있는데 등록말소 이유가 대부분 침몰이었다.

자선들의 코드엔드에 어획물이 가득 차면 모선이 접근하여 코드엔드만을 넘겨받는 방법이었다. 코드엔드가 모선으로 올라오면 모선에선 미국 수산회사의 대리인과 항해사가 어획물(原魚)의 양을 측정하였다. 원어량 측정은 다양한 방법으로 이루어졌는데, 단일 어종이라고 판단될 경우 코드엔드 전체 체적을 구한 다음 그곳에다가 미리 합의된 밀도와 수분함유량을 적용시켜서 계산했다. 어종 구성이 다양할 경우엔 어획물의 샘플을 조사한 다음 그걸 다시 전체 원어량으로 환산하는 방법이 있었고, 제품화된 생산 결과를 보고 측정하는 경우엔 생산량에 수율(收率, 원어량 대비 생산량 비율)을 적용시키는 방법이 있었다.

원어량을 측정할 때 대리인과 항해사는 가끔 의견이 일치되지 않아 다투기도 하였다. 가장 심한 것은 제품 수율 문제였다. 실제 생산비율보다 수율을 낮게 적용하여 원어 대금을 계산하면 자선 측이 이익이 되지만, 수율을 높게 적용하면 모선 측에서 이익을 보기 때문이다. 그래서 가끔 어획량에 불만이 생기면 자선 측에서 다시 수율을 측정하여 새로운 수율을 만들자고 했지만 인원이 많고 생산시스템을 장악한 모선에 자선 혹은 자선의 대리인은 이길 수가 없었다. 심각한 갈등이 있을 경우 자선은 특정 모선에 어획물을 줄 수 없다는 선언을 하기도 하지만 널린 게 자선이라 그리 큰 효과는 볼 수 없었고, 그런 사태도 거의 일어나지 않는 편이었다.

명란 철에는 명태를 집중적으로 어획하려고 하지만 4월경이 되면 명란 철도 서서히 끝나게 된다. 명란은 정란(正卵)이라고 해서 일종의 미성숙란을 최고의 것으로 친다. 하지만 4월로 갈수록 알은 성숙하여 성숙란이 되는데 그러면 알갱이가 커지고 명란의 내부에 물이 생긴다. 그래서 수란(水卵)이라고 한다. 색깔이 변한 것은 자색란(紫色卵)이라고 해서 성숙란, 수란과 함께 3등급의 가장 낮은 품질로 취급하였다. 그런 것들과는 달리 정란임에도 불구하고 채취 과정에서 명란이 파손되는 경우가 있는데 이것은 '파란(波卵)'이라고 해서 2등급으로 취급하였다. 파란은 대부분 명란을 꺼내는 과정에서 생기는데 당시 '파란율을 낮추자'는 게 '생산구호'가 되기도 하였다.

합작 사업은 대개 명태로 시작해서 명태 쿼터가 끝나면 가자미와 대구 그리고 임연수어 및 적어(赤魚)를 잡는 것으로 끝난다. 명태는 알래스카 어장 전반에 걸쳐 분포해 있기 때문에 명태만을 잡기도 했지만 대개는 다른 어종과 혼획(混獲)되어 올라왔다. 대구는 유니막(Unimak) 섬 근처가 주요 어장이었고, 임연수어는 세구암(Seguam) 섬 근처가 주요 어장이었다. 어날래스카(Unalaska) 섬과 더불어 그런 섬들은 모두 알래스카 서부 알류샨(Aleutian) 열도를 이루는 것들이었다.

임연수어 어장은 섬과 섬 사이로 그물을 끌고 다녀야 하는 어장이라 강한 해류를 견디기 위해서는 상대적으로 더 크고 엔진 힘이 강한 자선이 유리했다. 그래서 명태나 대구 어장에선 어획 성적이 좋지 않았던 자선들도 임연수어 어장에서는 놀라운 어획량을 올리는 경우가 많았고, 반면에 명태 어장에선 날고 기던 자선도 세구암 어장에서는 힘을 못 쓰는 경우가 있었다. 세구암 섬에는 '세구암 산'이라는 활화산이 있었는데 그곳에 있는 동안 딱 한 번 화산활동을 하여 배에서도 미약한 진동을 느낀 적이 있다. 세구암 어장은 합작 사업의 끝물이라 자선들의 어획실적이 부진하면 모선은 공해어장으로 이동하거나 부산으로 귀항하는 경우가 많았다.

오랫동안 바다에 머문다는 것
올림픽 시스템과 장기조업

알래스카 어장의 주요 어종은 명태, 대구, 가오리, 가자미 류와 임연수어(Atka mackerel), 적어(赤魚) 등이 있다. 이 중에서 겨울철 합작 사업의 백미는 단연 명태이고 명란 채취라고 할 수 있다. 당시 알래스카 연근해의 명태 자원은 엄청났다. 1986년엔 알래스카 어장에 도착하자마자 명태 어획성적이 너무 좋아 얼마간은 오직 '할복'만으로 명란을 채취하였을 정도였다. 그건 수놈은 그대로 버리고 암놈은 명란만 채취하고 버리는 방식을 뜻한다. 그 당시 명란 제품 수율이 6~7%밖에 되지 않았지만 명란 가격이 워낙 좋아서 그렇게 해도 수산회사들은 수지를 맞출 수 있었다. 다만 자원의 효율적 이용이란 측면에서 보면 문제가 있었던 것으로 보인다. 수놈과 암놈의 할복태를 그냥 바다로 버리는 게 바다환경을 오염시키는 측면도 있었지만 그것은 생산의 효율성이라는 측면에서도 엄청난 낭비였다. 물론 그것의 단초는 명란이라는 명태의 특수부위를 비싼 가격으로 먹는 인간의 독특한 식습관과도 깊은 관련이 있다지만 모두 '지속가능한 생산' 방식은 아니었음이 분명하다. 그래서 나중엔 미국의 수산당국에서도 어획된 물고기를 그렇게 바다에 버리는 것을 허용하지 않았다.

1986년, 미국수산청은 쿼터 소진 방식을 올림픽 시스템으로 한다고 발표하였다. 이 시스템은 쿼터가 모두 소진될 때까지 어장을 계속 개방하는 것인데, 가령 명태 100만 톤이 쿼터라고 한다면 그걸 다 소진할 때까지 어장을 폐쇄하지 않으므로 명태를 계속해서 잡을 수 있다는 말이다. 물론 금지어종을 포함한 모든 어종은 쿼터가 따로 정해지지만 금지어종 특히 게(crab)의 쿼터 소진양이 가장 중요했다. 비록 명태 쿼터를 다 소진하지 못했다고 할지라도 금지어종의 쿼터가 소진되면 어장은 문을 닫아야 했기 때문이다. 다만 금지어종이 아닌 어종은 비록 쿼터를 다 소진했다고 할지라도 쿼터가 남아 있는 어종과 섞여 어획되었을 때 10% 이내에선 어획이 가능했다.

올림픽 시스템 쿼터 소진 방식 때문에 모선들은 어장을 떠나기가 어려워졌다. 만선(滿船)이 되어 한국에 한 번 갔다 오자면 한 달 이상이 걸리기 때문에 그 사이 다른 모선들이 쿼터를 다 소진해버릴 수도 있기 때문이었다. 전에는 계절(혹은 분기)별로 쿼터를 나누어 배분했기에 어장에 와서 30~50일 정도 합작 사업을 하면 만선이 되었고 그러면 계절별 쿼터도 다 소진되는지라 순조롭게 귀항을 하여 어획물을 하역하고는 다시 어장으로 복귀할 수 있었다. 하지만 올림픽 시스템이 시작되면서 모든 모선은 합작 사업을 연속적으로 그것도 장기간 어장에 머물면서 해야 했고, 만선이 되어도 자기 나라로 돌아가지 못하고 운반선을 통해 어획물을 전재(轉載, 어획물을 옮겨 싣는 것)하고는 다시 어장으로 복귀하여야 했다. 그리고 연료와 주, 부식은 탱커나 운반선을 통해서 어장에서 공급받았다. 올림픽 방식으로 탱커와 운반선 업체가 즐거운 비명을 지르게 되었다.

이런 쿼터 소진 방식으로 생겨난 게 '장기조업'이다. 한 번 출항하면 보통 6개월 이상, 심한 경우 1년 가까이 바다 위에서 생활해야 했던 것이다. 오랫동안 집을 떠나 생활해야 하는 오만어장에서 돌아와 두세 달 간격으로 들어올 수 있다는 말에 솔깃하여 승선한 북양 트롤선이 더 고독한 작업 환경이 되어버린 것이다. 말이 6개월이지 어떨 땐 1년 가까이 바다에서 조업해야 하는 경우도 있었는데 회사에서는 물고기를 잡아야 하는 어선이 정기(의무적)적인 수리점검 이외에 항구에 정박해 있는 것은 생산과 수익의 측면에서 손실이라고 생각하였으므로 은근히 장기조업을 바라는 눈치였다. 나는 거의 1년 4개월을 바다 위에서 생활해본 적이 있는데 바다 위에서 승진이 되면서 같은 회사의 다른 배로 전선(傳船)하라고 해서 그렇게 되었다. 당시 장기조업이 얼마나 심했던지 북양에서 4년여를 근무하면서도 항구에 정박했던 횟수가 6항차 정도밖에 되지 못했을 정도였다.

이런 장기조업은 입장에 따라 여러 가지 관점이 생길 수도 있었다. 먼저 나이가 많은 선원의 가족들은 드러내놓고 말하진 못하지만 은근히 장기조업을 바라는 눈치였다. 하지만 젊은 선원의 가족들은 그렇지 않았다. 그래서 장기조업을 통해 일정한 자금이 모이면 가급적 빨리 선원생활을 청산하려고 하였다. 또 장기조업으로 인해 가정에서 여러 가지 불화가 생기는 경우도 있었다. 아내가 바람이 나거나, 바람이 난 것으로 여겨 크게 싸우거나 이혼을 하는 경우도 있었고, 결혼하였지만 자식을 만들 수 있는 시간을 얻기 어려워 오직 자식을 만들기 위한 휴가를 받기도 하였다. 회사는 어쩔 수 없이 장기조업하게 된 것을 미안하게 생각한다고 하면서 '장기조업수당'이라는 특별수당을 지급하기도 하였다. 그러나 그 돈이 얼마면 좋을지 그리고 어떤 방식(임금처럼 온라인으로 가족통장으로 지급되느냐 아니면 입항하면 선원들 손에 직접 쥐어줄 것이냐의 문제)으로 지급할 것인지를 갖고 논란이 벌어지기도 하였다. 그것은 어쩌면 월급쟁이들의 비애이기도 했다.

장기조업은 모든 것을 차치하고라도 노동 강도라는 측면에서 볼 때 과도하다는 의견이 지배적이었다. 선원이라는 직업은 육상의 여느 직업과는 달리 생의 일정한 기간에만 종사하는 '특수성'이 있는 직업이라고 해야 할 것이다. 선원 중에는 육지에서의 실패를 만회하거나 잊으려고 바다로 나온 사람도 있었고, 미래를 준비하기 위해 일하는 사람도 있었다. 또 나처럼 수산 관련 학과를 전공한 사람도 있었다. 하지만 원양어업이라는 게 자신의 거주지를 떠나서 이루어지는 것이고 그게 무척 고통스럽다는 것을 조금이라도 이해한다면 장기조업은 어느 노동 조건 못지않게 선원들을 힘들게 한다는 걸 알 수 있다. 춥고 거친 바다, 어장 근처에 있는 육지에도 입항이나 상륙이 불가능한 곳. 그런 어려움이 누적되어 많은 선원들이 하선을 결심했을 것이다. 아무리 돈을 많이 벌어도, 자신의 선원 생활을 자신 스스로에게는 물론 주변 사람들, 특히 가족을 향해 더 이상 이게 좋은 직업이니 조금만 참아 달라고 설명할 수가 없게 된 것이다.

2부

「플로트(float)를 찾으며」

어제 밤, 초(暗礁)밭에서 그물을 왕창 해 먹고

플로트를 찾고 있다.

씨팔, 내 생(生)이 언제

저렇게 박살나 본 적이 있었던가.

애꿎은 갑판원들만 고생한다.

톱 브리지에서 햇또(1갑원)가

단단하게 발기한

서치라이트 빛기둥으로

어둠을 조각내며 뒤집어놓는다.

3항사에게 악을 쓴다.

헤딩(heading) 120도, 피치(pitch) 12도

풀 어헤드(full ahead)!

좆나게 달려라!

시방세계는 갑오징어 먹물이다.

생선들은 이 시각에도 보금자리를 재건하고 있겠지.

양현(兩舷)으로 늘어선 선원들의 담뱃불이

시뻘겋게 애를 태운다.

또 다른 선원
옵서버와 대리인

        합작 사업을 할 때는 미국수산청에서 옵서버 (observer) 1명과 미국 수산회사 대리인(representative) 1명이 승선하였다. 옵서버는 우리가 자선으로부터 받는 어획량과 금지 어종(게, 연어, 광어, 청어, 산호 등)의 양을 측정한다. 대체로 옵서버는 수산 관련 대학을 졸업하고 처음으로 어선에 승선하는 경우가 많았다. 그래서 그들은 한마디로 '순진'하다고 말할 수 있었다. 옵서버를 하고 난 뒤에 좀 더 수입이 나은 대리인을 하는 경우가 많았는데 당시 우리 눈에 좀 특이한 것이라면 알래스카라고 하는 춥고 험한 바다 그리고 선박 생활에 여성들이 도전하는 것이었다.

  비록 어선의 크기가 1,000톤 이상이라곤 하지만 알래스카의 바다는 그렇게 호락호락하지 않았다. 그래서 처음 승선한 옵서버들은 '멀미'로 힘들어하는 경우가 많았고 보름 정도를 버티다가 업무도 수행하지 못한 채 탈진하여 항구로 돌아가는 경우도 있었다. 하지만 '멀미'의 경우, 대부분의 사람들은 일정한 기간이 지나면 극복할 수 있는 것 같았다. 마치 면역 유전자가 내장된 것처럼 말이다. 대리인과는 달리 옵서버는 미국수산회사의 영업이익과 직접적으로 관련이 없다. 말 그대로 '관찰자'였다. 미국 경제수역 내에서 한국 어선들이 자국에 손해가 되는 짓은 하지 않는지 그리고 쿼터는 어떻게 소진되고 있는지를 관찰하고 기록하여 보고하는 업무였다.

대리인은 모선과 합작 사업 파트너인 미국 자선의 이익을 대변하는 입장이었다. 하지만 몇몇 대리인은 자신이 일방적으로 어느 회사의 이익을 대변하기보다는 마치 경기의 심판처럼 중간 입장이라고 여기는 경우도 있었다. 서로의 이익을 대변하려다 보면 손해를 보지 않으려 하기 때문에 갈등이 생기기도 했다. 갈등이란 다름이 아니라 자선이 어획해서 전달된 원어의 양을 어떻게 측정하고 결정하느냐에 대한 것이었다. 자(尺)나 저울로 측정할 때 눈금을 어떻게 읽을 것이냐 하는 것부터, 제품화되어야 할 원어가 모선의 부주의로 바다에 버려지는 것 그리고 제품의 생산 수율을 어떻게 결정할 것이냐 하는 것 등이었다. 측정 눈금을 읽는 데는 그리 큰 갈등이 생기지 않았고 가끔은 옵서버가 객관적 입장에서 읽어주기도 했다. 그러나 원어가 바다로 버려지는 데 대해서는 가끔 브리지로 올라와서 항의를 해 문제가 되기도 했다. 그때도 대리인이 그 현장을 직접 확인한 경우는 거의 없고 지나가던 자선이 모선의 '렛고 통(처리실에서 외판으로 나 있는 구멍)'으로 원어가 버려지는 것을 본 다음 대리인에게 항의를 전달하는 방식이었다. 하지만 그것 역시 현장을 보존할 수 없는 문제라서 그리 큰 갈등은 일어나지 않았다.

다만 제품의 생산 수율 문제에서는 갈등이 심해져 대리인과 항해사가 처리실로 내려가 수율을 다시 측정하는 일도 생기곤 했다. 하지만 번번이 대리인은 모선 측을 이길 수 없었다. 왜냐하면 샘플을 채취할 때 수율은 모선에서 언제나 모선 측에 유리하게 조정할 수 있었기 때문인데, 가령 제품 생산 수율이 70%라고 합의했다면 제품량을 확인하여 '제품량÷0.7'을 해주면 된다. 하지만 처리실에서의 실제 수율이 60%라면 모선 측이 이득을 보게 된다.

예를 들어 제품이 70kg 생산되었다고 할 때 70%가 수율이라고 하면 원어량 100kg으로 계산해서 돈을 지불하면 되지만, 실제 수율은 60%이므로 자선으로부터 받은 원어는 116.6kg가 되어 모선은 16.6kg만큼의 원어를 그냥 받은 게 된다. 그래서 대리인은 생각보다 원어량이 적게 나온다 싶으면 처리실 작업 상황을 확인해서 제품 수율을 낮추어 달라고 하지만 본선에서는 잘 받아들이지 않았다. 그런데 그렇게 하더라도 본선에서 제품의 10% 이상은 속일 수 없는 구조였다. 왜냐하면 어창에 적재된 양이 '생산일지(logbook)'에 기재된 제품보다 10%가 넘으면 갑작스럽게 들이닥치는 미국 경비정(coast guard)의 검색을 피할 도리가 없었기 때문이다. 그러니까 대리인이 아무리 기를 쓰고 막으려고 해도 모선이 10% 이내에서 제품량을 속이는 것은 당연한 권리(?)에 속한다고 할 수 있었다. 왜냐하면 모선에 적재된 어획물을 운반선에 전재할 때 파손되는 비율 그리고 운반선이 입항하여 하역할 때 파손되는 비율까지 생각해야 하기 때문이다. 그런 사정을 모르는 대리인은 한국어선이 늘 이중 장부를 작성하고 자신들의 자원을 훔쳐간다고 생각하여 흥분하곤 했다.

또 하나의 작은 갈등은 식사에 관한 것이었다. 당시 HK호 선장 K씨는 옵서버를 포함한 어떤 외국인이라도 특별 대우를 해주지 말라고 하였다. 평소에도 그러하였는데 특히 수율 같은 걸로 문제를 일으키고 난 다음에야 오죽하였을까. 미국수산청과 합의한 규정에도 그들은 사관급과 같은 대우를 해주라고만 되어 있었다. 그 약점(?)을 이용하여 끼니때마다 밥, 된장국, 김치, 콩나물 따위를 식탁에 올리면 웬만한 미국인은 거의 먹질 못해 미치려고 하였다. 나중엔 도저히 참기 어려운지 선장에게 항의를 해보기도 하지만 선장은 눈 하나 깜짝하지 않았으므로, 대신 항해사들에게 찾아와서 은근히 친한 척하면서 자기들이 먹을 수 있는 것을 좀 해 달라고 애원하다시피 하였다. 특히 맥주 같은 술은 구하기 힘들었기에 그들은 거의 사정하다시피 해서 항해사에게 몇 캔씩 얻어 마시거나 항해사들과 함께 '파티'를 하고 싶어 하기도 했다.

　미국인들은 스스로 'party animal'이라고 할 정도로 사람들과 함께 술 마시고 노래하고 대화하는 걸 좋아했다. 간혹 다른 어선과 접선하여 자기들끼리 만나기라도 하면 무슨 할 말이 그렇게 많은지 밤새도록 웃고 떠드는 걸 종종 보았다. 저 놈들은 '땅덩어리가 넓어' 할 얘기도 많은가보다 생각했는데, 그렇게 서로 만나서 쉽게 웃고 떠들고 이야기하는 모습은 좋아 보였다. 간혹 자선에서 그들을 위해 음식을 주기도 하지만 그들도 우리와 함께 장기조업을 하는 사정이다 보니 이질적인 한국음식에 대한 그들의 고충을 이해할 수 있을 것 같았다. 옵서버이고 대리인이지만 그들 역시 오랫동안 함께 생활하다 보면 친구처럼 다정해지는 경우도 많았다. 더구나 여성인 경우가 제법 많았고 심지어는 둘 다 여성인 경우도 있었는데, 그렇게 되면 업무상 여러 가지 문제점도 부드럽게 풀리는 때가 많았다. 바다 위에서 장기조업으로 지친 남성들이 여성에게 딱딱하고 거칠게 대할 이유는 별로 없었던 것 같다. 더구나 당시엔 항해사든 선원이든 '서구적'인 것을 좋게 보는 시각을 갖고 있던 때라 '실생활에서 필요한 영어' 같은 걸 하나라도 더 배워보려고 그들과 친해지는 것을 좋게 생각하였다.

　옵서버나 대리인이 여성일 경우, 남성들만 있는 어선에서 생길 수 있는 게 '성(性)' 문제였다. 대부분의 사람들이 성을 매우 개인적인 측면으로만 여겼기에 성에 관한 문제는 섹스 혹은 성욕과 관련된 문제에 국한되는 것처럼 보였다. 마음속으로만 성욕을 품거나 스스로 그 성욕을 해결하는 것은 일단 표면적으로 드러나지 않기에 큰 문제가 되지 않았다. 그리고 선원과 외국인 여성이 눈이 맞아 합의한 사랑 혹은 섹스 역시 큰 문제가 되지 않았다. 다만 '성희롱이나 폭력'은 문제가 되었는데, 법적으로 문제가 제기된다면 모선 회사 측으로서는 피해보상을 해야 할 뿐 아니라 조업에도 심각한 차질이 생길 수 있었다. 그리고 성희롱을 당한 여성의 입장에선 인권침해라는 심각한 법적, 도덕적 차원을 넘어 나중엔 정신적 외상(trauma)까지도 입을 수 있는 문제가 생기기도 하였다.

내가 북양어장에 가기 전에 이미 다른 수산회사에서 그와 관련한 문제로 미국에서 소송이 제기된 사례가 있어, 출항 전 본사의 '수산부장'이 직접 배로 올라가 사관급 선원들을 대상으로 교육을 실시한 바가 있었다. 그는 먼저 성과 관련된 우리와 미국인의 관점 차이, 그리고 남성과 여성의 관점 차이에 대해서 설명하였고, 그런 문제가 생겼을 때 회사 측에 막대한 손실을 끼치고 당사자도 엄청난 피해를 볼 수 있으니 필히 조심해달라는 당부를 하였다. 사실 바다나 육상 할 것 없이 '성 평등'과 관련된 우리나라 남성들의 의식 수준은 아주 저급하다고 할 수 있을 것이다. 외국인이 여성일 경우 선원들보다는 사관 특히 항해사들과의 사건이 일어날 소지가 많았던 것 같다.

왜냐하면 외국인들은 거의 모든 시간을 항해사들과 함께 보내기 때문이다.

사실 청춘을 배에서 보내야 했던 선원들로서는 '성욕'을 어떻게 이해하고 처리할 것이냐가 큰 문제였다. 나는 개인적으로 인간(생명)이라면 성욕은 결코 이겨낼 수 없는 것이라고 생각하지만 단순하게 남성이 여성을 혹은 여성이 남성을 욕망하는 게 성욕의 실체는 아니라고 생각하는 쪽이다. 단지 우리는 그렇게 길들여져왔기에 성(혹은 섹스, 성별, 성애)을 매우 개인적인 문제로 취급해버리는 경우가 많다. 하여 늘 성욕이라고 하면 성기와 관련지어 생각을 하게 된다. 하지만 성은 개인적이라고도 할 수 있지만 넓게 보면 '삶의 기술'에 속하는 문제가 아닐까. 우리 삶의 다양한 측면에서 성과 관련된 정치학이 우리 몸속에서 작동하고 있다고 생각한다. 젠더의 문제나 성소수자 문제를 비롯해서 남녀평등의 문제, 심지어는 성인지적 관점 같은 것이나 남성과 여성의 노동문제, 가족 내에서 남성과 여성의 역할 분담 문제들까지 확대해서 그런 것을 이해하고 체득할 수 있어야만 진정한 '성해방'이나 '성평등'도 가능하지 않을까 생각해본다. 그것은 참으로 어려운 것일 수도 있지만 우리의 몸과 마음에 습속처럼 남아 있는 남성 중심, 특히 가부장적 남성 중심의 억압적 체계를 잘 이해해야 하고 바꾸어나아가야 할 것으로 보고 있다. 그러나 당시 장기조업이라는 시·공간적 단절로 인해 성욕의 과도한 빈곤과 포화가 빚어내는 모순이 선원들의 온몸을 지배했던 것은 분명하다.

파도에 몸을 맡기는
피항

      우리가 태풍이라고 부르는 것은 일종의 '저기압' 이다. 북양어장에도 겨울에는 저기압이 올라오는데, 우리나라에서 흔히 만나는 열대성 저기압보다 위력은 약하지만 어선이 조업을 할 수 없는 지경에 이를 정도다. 피항이 결정되면 조업을 중단하고 갑판에 있는 모든 기계와 그물을 고박(固縛)한 채 배는 앞바람을 받으면서 서서히 전진하는 방법으로 저기압이 지나가기를 기다린다. 갑판과 마찬가지로 처리실도 흔들리거나 넘어질 것들을 고박하고 특히 배수 관련 시설들을 점검한다. 열려 있던 '렛고 구멍'도 안에서 잠그고 배수펌프를 준비해 둔다. 그리고 처리부원들에게 일정한 간격으로 처리실에 침수가 있는지 살피게 한다.

    합작 사업 중에 저기압이 올라오면 자선들은 모두 어날래스카(Unalaska) 섬의 항구로 들어가 버린다. 처음 승선하여 피항을 겪게 되면 약간의 공포심이 생길 수 있다. 왜냐하면 강한 바람이 엄청난 소리를 내면서 불어오고, 파도가 배를 뒤덮을 정도가 되며, 파도와 배가 부딪히는 소리가 웬만한 대포소리보다 크게 들리기 때문이다. 그리고 롤링(rolling, 배가 좌우로 기울어지는 현상)이 심해지면 의자가 넘어질 정도가 되는데, 그래서 북양어선에선 옷장이나 책상 서랍은 모두 잠글 수 있게 되어 있고 커피포트 같은 것도 밑바닥이 고정된 곳에 놓아둔다. 의자는 피항을 시작하면 아예 한쪽 구석에 눕혀놓는다. 심지어 잠자는 버릇까지 바뀌게 되는 경우도 있다. 나는 침대에서 바닥으로 떨어지지 않기 위해 습관적으로 한 발을 약간 들어 벽에 기대는 버릇이 생겼다. 나중에 그런 버릇은 서서히 없어졌다고 생각했지만 간혹 그런 행동이 나오기도 하는 모양이다. 결혼한 뒤 아내가 나의 잠자는 모습을 보고 놀란 적이 있었으니까.

식당에서도 특별한 조치를 취한 후 식사를 하게 되는데 그것은 물에 적신 광목을 식탁 위에 넓게 펴는 것이다. 그러면 그 위에 놓인 밥그릇, 국그릇이 웬만해선 넘어지지 않는다. 미리 식탁 위에 밥과 국그릇이 놓일 자리를 약간 파놓은 배도 있다. 뜨거운 국물이 있는 음식은 가급적 삼가고 그냥 비벼서 먹는 경우가 있기는 하지만 겨울철 피항이 잦다 보면 선원들은 익숙해져 생활에 전혀 불편함을 느끼지 못했던 것도 같다. 피항 중에 장기와 바둑을 두기도 하였는데 바둑의 경우 알 통에다가 물을 부어 바둑알을 적셔두면 웬만한 기울어짐에도 판이 흐트러지지 않았다. 그리고 피항 중 식사시간에는 가급적 배를 크게 회두(回頭) 시키지 않으려 하고 부득이하게 그렇게 해야 할 경우가 생기면 선내 방송하여 단단히 준비할 시간을 준다.

피항을 하게 되면 선원들은 오히려 좋아하는 경우가 대부분이다. 왜냐하면 조업이 중단되기 때문인데, 이때는 브리지와 기관실 당직을 제외한 모든 업무가 중단된다. 피항은 하루이틀 만에 끝날 때가 많지만 심할 경우에는 일주일이 걸릴 때도 있었다. 그걸 일명 '피항 아다리'라고 하는데 선원들의 축제기간이라고 해도 과언이 아닐 것이다. 하지만 평소에 멀미를 전혀 느끼지 않다가도 피항으로 배의 흔들림이 심해지면 뒷머리가 약간 떵한 증세를 겪기도 한다. 미세한 멀미라고 할 수 있다. 이럴 때 승선 경험이 많지 않는 사람은 술은 마시지 않는 게 좋다.

선원들은 침실이나 선원 식당에 모여 비디오를 보거나 카드놀이 등을 한다. 특히 평소엔 보기 어려웠던, 소위 '문화영화'라 불리던 X등급의 도색(桃色) 영화를 보기도 한다. 문화영화는 보통 출항할 때 납품업자가 갖다주는데 그것 말고도 지나간 연속극이나 미니 시리즈 그리고 코미디 프로를 녹화해서 보내주기도 한다. 어장에 올 때까지 거의 다 보고 어장에서는 다른 배와 교환해서 보기도 한다. 조업 중에는 도색비디오를 잘 보여주지 않지만 피항할 땐 특별히 보여주는 것이다. 조업 중엔 보여주지 않는 이유가 선원들의 건강을 생각해서라고 하는데 변명치고는 궁색한 변명이었다고 생각한다. 지금에 비하면 문화영화라곤 하지만 화질이나 내용면에서 '고색창연'할 정도로 고전이라고 할 수 있는 것들이었다. 요즈음 사람들은 보여주어도 보지 않을 정도로 화질이 엉망이었지만 그래도 당시엔 그 질 낮은 화질의 작품을 보고 또 보고 하면서 몸도 달구고 머릿속에 새기기도 하였다.

피항을 결정할 때 같은 선단 내의 배끼리 경쟁의식이 발동하기도 하였다. 당시 S교역에는 HK호, HJ호가 1,500톤급 쌍둥이 배로서 여러 면에서 비교되고 경쟁이 되었다. 어획량에서부터 피항을 결정하고 조업을 재개하는 것, 그리고 입항할 때 얼마만큼 어획량을 적재하여 입항하느냐에 관한 것까지 여간 신경 쓰이는 게 아니었다. 지금 생각해보면 참으로 부질없고 위험한 짓이었다. 그것은 스스로 자기 자신에게 '무한 경쟁'이라고 하는 잣대를 들이댄 결과일 것이다. 파키스탄 어장에서 갈치어군이 터져 만선(滿船)을 하였음에도 좀 더, 좀 더 하면서 어획물로 엄청난 과적을 하였다가 카라치(Karachi) 항에 입항하여 해수와 담수의 부력 차이 때문에 배가 전복해버린 사건이 있었다. 당시 HK호, HJ호 두 배는 선장들의 이성적(?) 판단으로 그다지 경쟁이 격렬하진 않았지만 서로가 상대방을 늘 의식하고 있었던 것은 틀림없어 보였다. 보통 어선의 경우 출항할 때와 만선하여 귀항할 때, 배에 실려 있는 적재물의 '총무게'는 크게 차이가 나지 않는다. 왜냐하면 출항할 때는 연료유와 기타 어구들을 많이 싣고 있기 때문이고, 귀항할 때는 만선한 어획물 때문인데, 어선의 경우 상선과는 달리 양현에 표시되어 있는 흘수(吃水)를 무시하는 경우가 대부분이었다. 사실 오랫동안 어선에서 항해사로 일하면서도 입·출항 시 도선사(導船士)에게 보고하기 위한 것 이외에는 흘수의 눈금을 읽어본 적이 거의 없으니까.

또한 두 배의 경우 어창에 어획물이 좀 적재되기 시작하면 '무게중심'이 낮아지는 관계로 '롤링(rolling)'이 한층 심해지는 게 특징이었다. 무게중심이 낮아지면 배의 복원력이 좋아져 안전하지만 좌우로 심하게 흔들리는 단점이 있다. 사실 어선은 여객선이나 상선과 달리 조업을 위한 배이기에 좀 흔들리는 것은 그리 신경 쓰지 않았다. 피항할 때 거대한 파도를 만나 파도와 배가 부딪히면 파도의 일부분이 강한 힘으로 배를 덮쳐 온다. 그때 배가 잠시나마 파도 속으로 들어가는 경우도 있다. 심지어 파도가 브리지, 아니 탑(top) 브리지를 넘어 갑판에 떨어질 때도 있으니까. 그리고 배가 파도의 마루 부분을 지나 내려올 경우 선수 부분이 바다에 먼저 닿으면서(사실은 떨어지면서) 선수갑판 쪽으로 엄청난 양의 바닷물이 유입되는데, 마치 대형 고래가 잠수하다가 호흡을 위해 몸을 뒤틀면서 수면 위로 올라오는 모습과 비슷해 보인다. 그때 엄청난 양의 바닷물이 선수갑판에서 배의 양 현에 있는 구멍으로 빠져나가는 것을 보면 장관이다. 그러곤 바다가 쩍쩍 갈라지는 소리와 '푸

후' 하는 배의 자맥질 소리가 들린다. 그리고 배는 파도의 경사면을 타고 미끄러져 내려오면서 강한 진동을 하게 되는데 배 전체가 심하게 흔들릴 정도이다. 마치 배가 계단을 덜컹거리며 미끄러져 내려가는 느낌이다. 그걸 높은 브리지에서 보고 있는 게 처음엔 약간 무서웠지만 나중엔 마치 바이킹 게임을 하는 것처럼 흥미롭기도 했다. 쓰러질 듯 쓰러질 듯 흔들리지만 결코 우린 쓰러지지 않는다는 자신감 때문이었을까.

피항은 선원들에게만 휴식을 주는 것이 아니라 하급 항해사들에게도 새로운 경험을 하게 해준다. 그들에게도 처리실 당직이 중단되는 것은 물론 브리지에서 선장이나 상급 항해사들이 자리를 비운 틈을 타 다른 배에 승선하고 있는 학교 동기생들과 보이스 통신으로 이야기를 나눌 수 있는 기회가 생기기도 했던 것이다. 그리고 조타륜(키)도 피항 당직으로 올라온 선원 2명이 교대로 잡게 되므로 하급 항해사 역시 즐거운(?) 피항이라고 할 수 있을 것이다.

하지만 일주일 정도 피항을 하게 되면 노는 것도 지겨우니 이제 날씨가 좀 잠잠해졌으면 할 때가 있다. 피항할 정도가 되면 배의 요동(rolling과 pitching)이 너무 심해 머리가 늘 흐릿하기 때문이다. 저기압이 어장을 지나갈 시점이 되면 파도와 바람의 방향이 바뀌는데 피항 끝물에는 그 영향으로 파도가 일정한 곳에서 오지 않고 여러 방향에서 오기 때문에 배의 롤링이 가장 심해진다. 롤링은 배의 중심선에서 좌우로 얼마나 넘어갔느냐 하는 각도로 표시되는데 보통 20도만 넘어가도 뭔가를 잡지 않고는 제대로 서 있을 수가 없을 정도이며, 만약 30도가량 넘어가면 마치 배가 뒤집어지는 것 같은 느낌을 받게 되고 머리털이 곤두서는 극심한 공포감을 느끼게 된다. 물론 배의 복원력이란 이론적으론 90도 이상 넘어가도 문제가 없다.

피항의 끝물엔 롤링의 각도도 커지고 횟수도 잦아지는데, 삼각파도라는 것은 크기도 하고 그 방향성을 예측할 수 없어서 배가 옆으로 파도를 한 방향에서 연속으로 얻어맞게 되면 전복될 수도 있다. 그리고 피항 중에 엔진이라도 고장 난다면 아주 위험해진다. 엔진이 고장 나면 배의 조선이 어려워지고 그러면 파도를 향한 배의 응전(應戰)이 불가능해져서 전복될 가능성이 매우 높기 때문이다.

대양에서 피항하는 방법 중 하나가 '히브투(heave to)'인데 끝없이 바람과 파도를 맞으며 앞으로 나아가는 것이다. 이때 배의 속도는 4~5노트 정도(가변 pitch 방식의 엔진에서 '전진 5도' 정도를 사용)인데 최소한의 엔진을 쓰면서 겨우 조타만 가능하게끔 하는 게 핵심이다. 이땐 엔진을 많이 쓰면 배가 큰 파도와 부딪혀 진동이 심할 뿐 아니라 부서질 가능성도 있다. 이것은 어쩌면 배의 '태풍-되기'라고 할 수 있다. 태풍에 대한 저항도 굴복도 아닌 상태 말이다. 피항을 생각하면 『모비딕(moby dick)』에 나오는 에이허브(Ahab) 선장이 떠오른다. 거대한 모비

덕의 몸에 작살을 꼽고 자신의 운명을 다하는 에이허브 선장의 행동을 보면서 그것은 어쩌면 인간의 한계를 숭고하게 넘어서는 '모비딕-되기' 혹은 '지각 불가능한 것-되기'라고 느꼈던 것이다. 황천(荒天)에서 거친 파도와 바람을 맞아 배가 자신의 최대 엔진과 조타능력으로 싸우기보다는 파도(자연이라고 하는 신)에 몸을 맡기는 게 피항이라고 생각했는데, 어쩌면 니체가 말한 운명애(運命愛)가 바로 이런 게 아닐까. 그 운명애를 완벽하게 구현하는 사람이 초인(超人)이고, 그건 그냥 바다의 상황을 긍정하고 배를 맡기는 것일 뿐 굴종은 아니라는 생각을 하였다.

반면에 자신의 힘을 과도하게 확신한 나머지 자연의 힘을 이기려 한다면 배는 침몰하고 말 것이다. 침몰한다는 점에선 '에이허브 선장의 행동'과 '자신의 힘을 과도하게 확신한 배'가 비슷해 보일지 모르겠지만 그것은 결코 아니다. 에이허브 선장은 운명에 몸을 던진 것이지 운명을 적대시하여 맞서 싸운 게 아니기 때문이다. 악천후에 최대 엔진을 쓰며 최대 조선능력을 발휘하는 것은 운명을 깔아뭉개려는 짓일 뿐 아니라 운명이 두려워 그것을 탈출하려는 짓이기도 하다. 그것은 결국 운명을 능멸하는 짓이라고도 할 수 있다. 그때 배는 그야말로 운명을 다할 수밖에 없을 것이다. 그것은 죽음의 검은 수렁에 갇히는 전주곡일 뿐이다.

우리의 삶도 이런 것으로 가득하지 않을까. 운명을 긍정하라는 말이 운명에 굴복하라는 말이 아님을 안다면 삶의 '태풍-되기'가 언제 어디에 있어야 하는지를 알게 될 것이며 또 그게 얼마나 즐거운 것인지도 알게 될 것이다. 태풍이 지나가면 바다는 언제 그랬느냐는 듯이 평온의 시간으로 되돌아온다.

그러고 보면 태풍이 바다의 실체인지 평온이 바다의 실체인지 잘 모르겠다. 그게 반복되는 것이고 우리의 삶이란 그런 것들 사이에 매달려 있는 것이라고 하면 어떨까? 수평선 저 너머로 태양이 떠오르고 갈매기들이 날아오른다. 새로운 생명을 잉태하듯 그렇게 혼돈의 시간은 지나간다.

바다 위에서 펼쳐지는
혹한 노동

근대 그리고 자본주의 시대가 되면서 시간은 새롭게 탄생되었다. 자본의 입장에서 볼 때 '시간은 바로 돈'이었으니까. 자본은 노동자로부터 '노동 시간(노동력)'을 돈으로 사서 그것으로 상품을 만들어낸다. 그러므로 노동시간을 최대한 늘리려고 했으며 노동 강도를 높이려 했다. 하지만 처음엔 그것만으론 한계가 있었다. 노동자는 기계가 아니라 '체온과 생각'을 갖고 있는 생명체였기 때문이다. 하지만 '기계'가 도입되면서 노동속도는 한결 더 높은 강도로 노동자들에게 '체화(體化)'되기 시작했다. 노동의 강도가 노동자에 의해 결정되는 게 아니라 '기계'의 속도에 의해 결정되었기 때문이다. 더불어 기계의 도입과 함께 모든 시간은 더 세밀하고 엄격하게 구분되었다. 즉 노동시간과 휴식시간이 엄격하게 구분되었다. 그건 그 이전까지는 전혀 볼 수 없었던 새로운 '시간의 탄생'이었다.

북양어장의 명란 철, 처리실 작업은 피항할 때 이외에는 멈추는 경우가 거의 없었다. 당시 명란 철엔 3교대를 하였다. 여기서 3교대란 8시간 일하고 16시간 쉬는 게 아니다. 거꾸로 16시간을 일하고 8시간을 쉬는 것인데 교대시간 때 식사와 씻는 시간을 감안하면 실제로 잠자는 시간 7시간을 제외하고는 아무런 휴식시간이 없었다. 과거 북양어장이 호황기일 때는 4교대까지 했다고도 한다. 이것 역시 18시간 일하고 6시간 쉬는 것이었는데 '산업혁명' 때의 노동시간과 비슷하였다. 과연 그게 가능했는지 상상이 가질 않는다. 물론 1년에 한 번, 명란 철은 3~4개월 정도밖에 되질 않았고 명란 수당도 지급되었다고 하지만 신체의 한계를 넘어서는 노동 강도라고 아니할 수 없다. 그때를 경험했던 선원들의 말에 의하면 피곤을 쫓기 위해 피로회복제(아로나민 골드)가 지급되었다고 한다. 너무 졸음이 쏟아지는 바람에 바로 앞에 있는 팬 속의 명란이 순간적으로 보이지 않아 선별을 위해 명란을 집어야 했는데 그게 어려울 정도였다고 들었다. 물론 오래된 기억이라 전달 과정에서 덧붙여지거나 왜곡된 것도 있겠지만.

하루 6시간밖에 쉴 수 없는 노동을 생각하면 왠지 오래된 시간의 상처를 앓는 것 같은 쓰라리고 아픈 느낌이다. 물론 그런 노동 강도를 그 정도의 감상주의로 받아들여서는 안 될 것이다. 북양어선에 승선하여 처리실 내에 화장실이 있는 걸 보고 의아해서 물어보았더니 모두 그때 만들어진 것이란다. 그땐 일하다가 너무 힘드니까 화장실 간다는 핑계를 대고 침실로 도망(?)가는 사람이 있어 처리실 문을 잠그기도 하고, 수시로 상급자들이 내려와서 인원을 점검하기도 했단다. 그래도 당시엔 북양트롤어선의 수입이 좋으니까 아무도 하선하려고 하지 않았고 더 오랫동안 배 타기를 원했다고 한다. 심지어 몸이 좀 아파도 아프다고 말하면 하선하라고 할까 봐 꾹 참고 일하는 선원들도 많았다고 한다. 그리고 육지에선 북양트롤어선에 승선하기 위해 많은 대기자들이 기다리고 있었고, 승선을 위해 배경 좋은 사람의 힘을 빌리기도 했다고 한다. 그래서 부득이 항차마다 몇 명씩 골라서 하선시키기도 했다고 한다. 몇 항차 하면 집 한 채를 살 수 있었다고 하니 분명 과거엔 황금알을 낳은 북태평양어장이었다.

하지만 그 모든 것은 선원들의 노동과 맞바꾼 것이라고 해야 할 것이다. 물론 더 확대해보면 어장 개척을 지원한 정부와 학계 그리고 자본을 투자한 기업의 공도 무시할 수 없을 것이다. 하지만 가장 핵심적인 원동력은 잡초처럼 생산량을 높이기 위해 인간의 한계를 넘어서는 노동 강도를 감내해야 했던 어선원들이었을 것이고 그들에게 '경의'를 표해야 할 것이다. 그런 노동이 지금 우리를 있게 하는 힘이 되었다.

4교대뿐 아니라 3교대도 힘든 노동조건이었다. 다만 명란 철이 끝나면 2교대 작업으로 환원되었다. 명란 철 처리실은 명태 어획성적(합작 사업포함)이 좋아 할복을 할 때도, 드레스 제품을 만들면서 명란을 채취할 때도 쉬는 시간이 없이 돌아갔다. 다만 명란 철이 아닐 때 라운드 처리를 하면 처리대의 처리 속도(나열속도)가 빨라져 더 이상 팬에 담을 고기가 없거나, 급냉실에 입고된 어획물이 미처 얼지 않아 급냉실에 넣을 공간이 없어 쉬는 시간이 생기기도 했는데 우리는 그런 걸 모두 '아다리'라고 했다. '아다리'라는 말은 다양하게 사용되는데 어떤 음식을 먹고 잘못되었을 때나 혹은 나쁜 짓을 하다 걸렸을 때, 반대로 재수 좋을 일을 만났을 때, 가령 작업 중 쉬는 시간이 생겼을 때 사용돼 '우연하게 어떤 사건'이 벌어지는 것을 의미했다.

1986년경엔 명란 철만 지나면 노동 강도는 비교적 그렇게 높지 않았던 것 같다. 가장 큰 이유는 어황이 좋지 않았기 때문이다. 합작 사업이 끝나면 공해어장으로 이동하여 자체조업을 해야 했는데 어획성적이 매우 저조하였다. 아침에 투망하여 하루 종일 그물을 끌고 다녀도 저녁에 양망하면 1,000~2,000팬 정도밖에 잡히지 않았다. 그리고 야간에는 거의 조업이 불가능할 정도로 어군형성이 미미해서 밤새도록 어군을 찾으러 돌아다녀야 했다. 또한 많은 선원과 사관들은 장기조업과 관련된 스트레스가 심했다. 특히 장기조업을 마치고 부산에 입항해서도 충분하게 쉴 수 있는 휴식시간을 가질 수 없다는 게 더 큰 스트레스였다. 당시만 하더라도 육지에서 먹고살 만한 직업이 많았기에 수산회사들은 선원수급에 어려움을 많이 겪었다. 승선하겠다고 한 선원들이 출항하는 날 배로 들어오지 않는 경우도 있었고, 심지어 집단으로 승선을 거부하는 사태가 생겨 출항날짜를 조정하는 경우도 생겼다.

그러다가 1980년대 말쯤 동남아 등지로부터 외국인 선원들을 고용하기 시작했다. 당시는 국내선 상선에도 중국교포들을 3~5명씩 승선시키기 시작할 무렵이었다. 동남아에서 온 선원들이 알래스카의 추운 날씨에 거의 눈만 내놓은 복장으로 갑판에서 일하던 모습이 지금도 기억에 선하다.

북양어장의 황금기엔 자체조업만으로도 한 달 정도 조업하면 만선을 하였기 때문에 S교역 소속 1,000톤급 HI호는 선원들이 가장 승선하고 싶어 하는 선망의 대상이었다. 입·출항 및 조업까지 포함하여 두 달 정도면 귀국을 할 수 있으니 좋았던 것이고 임금도 당시의 육상 직종에 비하면 엄청나게 높았다. 하여 노동 조건은 열악했지만 아무도 하선하려고 하지 않았다. 심지어 베링 해에서 출발(현장 발)하여 부산항에 도착하는 10~12일의 기간에도 좀 더 많은 어획물을 실어 오기 위해 갑판, 피시본드, 처리실로 하루에 한 번씩 냉동 어획물 옮기는 일까지 하였다고 하니, 실로 놀라울 따름이다. 1986년에는 만선하여 입항할 경우 부식을 넣어두는 육고(肉庫)에도 어획물을 채웠다.

북양어선에선 입항하면 하역작업은 선원들이 하지 않는다. 부두에 소속된 항만노조가 있어서 수산회사 육상직원들과 부두노동자들이 하역을 담당하기 때문이다. 북양어장이 황금기였을 때 선원들은 입항해서 고기를 몰래 팔아먹기도 하였다. 항만 주변의 업자들과 짜고 야간 정박 당직 시간에 배로 사람을 불러 어창에서 몰래 고기를 팔아먹은 것이었다. 그것은 일종의 삼각 커넥션(?)이었는데 선원과 주변 식당 그리고 화물 운전자의 모의였다. 하지만 S교역 같은 경우 육상직원들의 엄중한 감시로 고기 한 마리 밖으로 방출하지 못하였다. 그리고 선원뿐 아니라 하역을 담당했던 항만노동자들도 작업이 끝나면 고기 몇 마리를 옷 속에 숨겨서 슬쩍 가져가는 경우가 있었는데 S교역에서는 그것도 못하게 하였다.

하역을 하다 보면 냉동제품은 많이 파손된다. 개체가 부서지는 경우도 있지만 그보다는 냉동된 상품의 표면이 떨어져 나가는 게 대부분이다. 그렇게 떨어져나가거나 부서진 어획물 조각을 '바라'라고 하는데 이렇게 되면 상품가치가 떨어진다. 사실 인간은 1차 생산물에 대하여 '공짜'라는 생각을 부지불식간에 갖고 있는 듯하다. 선원들이 현문 당직을 서는 경우엔 항만 노동자들이 가져가는 적은 양의 '바라'는 대체로 눈감아주는 편이었다.

입항하면 수리업체들이 들이닥쳐 배의 구석구석을 수리한다고 갑판 위에 난장을 쳤다. 심지어 그들 중 일부는 밤이 되어도 집으로 돌아가지 않고 야간에 '잔업'을 하였다. 선원들은 당직표에 따라 정박 당직만 수행하면 되었는데 다만 입항해서 아쉬운 게 있다면 기간이 너무 짧아 그리운 사람들과 좀 더 오랜 시간을 보낼 수 없다는 것이었다. 짧은 휴식 후 육상에서 보낼 더 나은 삶을 위해 바다로 나아가는 것임에도 불구하고 육상에서의 시간이 거의 없으니 당시 북양어선에 승선하는 모든 선원들은 그게 불만이었을 것이다. 선원들에게 충분한 입항기간 그리고 그 기간 동안의 휴식은 어쩌면 노동조건에 속하는 것이다. 여러 가지 이유로 바다에서 휴식시간이 없는 것은 아니었지만, 육상에서처럼 일요일이나 공휴일은 없었다. 그리고 바다에서의 휴식이란 불규칙할 뿐 아니라 실제론 휴식이라고 할 수도 없다. 왜냐하면 피항 같은 경우 흔들리는 배를 비롯한 모두의 '안전을 지키기' 위한 노동을 하고 있다고 간주해야 할 것이기 때문이다. 더불어 어획이 저조하거나 처리하는 과정에서 발생하는 휴식시간 역시 생산 공정 중 불규칙하게 생기는 간극이었을 뿐이다.

목숨을 담보로 벌이는
전재 작업

　　전재 작업은 쿼터 소진의 올림픽 시스템 방식과
장기조업이 이루어지면서 중요한 작업 중 하나가 되어버렸다.
대체로 베링 해는 겨울철엔 기상상태가 좋지 않지만 오히려
어황(漁況)은 겨울철이 더 좋아 전재할 일이 많이 생겼다. 어창
에 어획물이 차면 조업을 더 이상 하기 어려우니까 운반선은
어획물만 운반하는 게 아니라 보충선원, 주식과 부식 및 여러
가지 선용품 그리고 심지어는 연료유까지 싣고 와서 조업선
에 전해주었다. 보통 북양어장에서 물품을 주고받을 때는 아
주 큰 중량물이 아니라면 수면에 뜰 수 있고 방수가 되도록 비
닐로 꽁꽁 싸서 한 배가 바다 위에 던지면 다른 배가 접근하
여 긴 갈고리로 건져 올리는 방법을 쓴다. 그리고 사람의 이동
은 바다가 좀 잠잠해지기를 기다려 고무보트(모터가 달린)를
이용한다. 그런데 지금 생각해보면 바다의 수온이 너무 낮은
(2℃) 북양에서 그런 방법은 매우 위험한 일이었던 것 같다. 만
약 바다에 빠지기라도 하면 낮은 수온으로 인해 수 분만에 심

장이 멎어버렸을 것이다. 넓은 바다에 빠진 사람을 찾기란 모래밭에서 바늘을 찾는 것과 비슷하다. 머리 부위가 수면 위에 떠 있다 하더라도 배에서 보면 파도 등에 가려서 보이지 않기 때문이다. 실제로 항해 중에 사람이 빠지면 배를 돌려 그 사람을 찾아야 하는데 그게 거의 불가능에 가까운 일이다. 몇천 톤급의 배가 한 바퀴 돌면 0.2마일 이상의 공간이 어긋나버리고 그렇게 되면 지나왔던 자리를 되찾기도 어려울뿐더러, 더구나 빠진 사람을 눈으로 확인하여 건져낸다는 것은 더욱 어려운 일이다.

전재를 하려면 두 배가 접선(接船)을 해야 한다. 갈치 철 오만어장에서는 주간에만 조업을 하고 해가 지면 어군이 수면 근처로 떠오르면서 흩어져버려 조업할 필요성이 없어지기 때문에 매일 접선을 하는 경우가 있었다. 일단은 배의 크기가 북양어선보다 훨씬 작은 300~400톤급이고, 해면의 상태도 아주 평온했기에 가능했던 일이다. 하지만 북태평양은 다르다. 먼저 운반선이 어장에 도착해도 저기압 등으로 접선은커녕 조업선, 운반선이 함께 피항을 해야 할 때도 있었으며, 어황에 따라 접선 날짜를 정확하게 잡기가 어려운 경우가 많았다. 그리고 접선은 가능할지라도 전재 작업을 할 수 있는 양호한 기상 상태가 몇 시간 정도밖에 안 될 것으로 예상된다면 그걸 위해 힘든 접선을 할 수는 없었다. 그래서 운반선도 어장에 올라와서 만선하기까지 심한 경우 몇 달을 소비할 수도 있었다. 기상도를 살펴가며 접선 계획이 잡히면 가장 해면이 평온한 곳에서 두 배가 이동하는데, 알래스카 연근해일 경우 접선 후 앵커를 놓기도 했다. 하지만 기상상태가 앵커를 놓을 정도가 되지 않으면 두 배가 미약한(낮은) 엔진을 써가면서 접선 상태를 유지한 채 이동하며 전재 작업을 할 때도 있었다. 접선 자체도 쉽지 않았다. 먼저 배들이 1,000톤~5,000톤에 이르는, 어선으로서는 대형선들이었기 때문이다.

한편 북양어장으로 오는 운반선들은 선수 근처의 외판 옆면에 '사이드 프로펠러(side propeller)'가 있어서 접선하기가 한결 쉬웠다. 어느 정도 배를 접근시켜놓고 사이드 프로펠러를 이용해서 거리를 좁힐 수 있었기 때문이다. 접선을 마무리하기 위해선 두 배를 무링라인(mooring line)으로 서로 묶어야 했다. 그래서 무링라인을 상대방의 배로 보내는 게 접선을 위한 첫 번째 작업이다. 어느 정도 배가 가까워지면 선수(갑판장), 선미(head sailer)가 '히빙라인(heaving line)'이라고 하는 빨랫줄 정도 굵기의 로프(rope)를 치게 된다. 히빙라인 끝에는 모래주머니가 달려 있는데 그것을 빙빙 돌리다가 적절한 시점에 놓는다. 원심력을 이용하여 다른 배로 날아가도록 하는 것이다. 간혹 히빙라인이 날아가는 범위를 늘이기 위해 모래주머니가 아니라 샤클(shackle bolt)의 수놈 부분을 넣어서 사용하는 갑판장도 있었다. 하지만 이게 날아가서 상대방 배의 선원 머리에 맞는다면 큰 사고가 날 수 있어 매우 위험한 것이었다. 그러므로 접선을 위해 갑판으로 나온 모든 선원들은 반드시 안전모를 써야 하고 상황을 늘 살펴야 한다. 히빙라인이 전달되면 그것의 끝에 무링라인을 묶고 난 다음 상대방에게 신호를 보내고, 히빙라인을 던진 배에서 그것을 당겨 무링라인 끝의 고리 부분을 자신의 배 갑판에 있는 비트(beat)에 걸면, 무링라인을 보낸 배에서는 윈치를 이용하여 무링라인을 감는다. 이때 중요한 것은 선수와 선미가 비슷한 간격을 유지하면서 감아줘야 한다는 것이다. 그렇지 않을 경우 배가 삐딱하게 붙으면서 충돌할 수도 있다. 보통 북양트롤선의 한쪽 현(주로 우현)엔 커다란 고무 펜더(fender)가 매달려 있는데 가격이 1,000만 원 이상 되는 것으로, 이 대형 펜더 덕분에 접선할 때 서로의 외판이 부딪치는 사고가 상당 부분 감소되었다.

기상 상태가 좋지 않거나 선장의 접선 실력(배를 미세하게 조선하는 능력)이 시원치 않을 경우 접선을 위해 여러 번의 접근을 시도할 때가 있다. 정상적으로 접선이 이루어진다면, 배를 접근시키고, 히빙라인, 무링라인을 교환하고, 두 배가 붙으면 추가 무링라인을 인출하여 선수, 선미를 보강하고, 배 사이에 그물을 치고, 사다리를 놓고 하는 데 걸리는 시간은 보통 1시간 남짓이다. 하지만 접선 시도가 몇 번 실패로 돌아가면 갑판원들은 추운 갑판에서 몇 시간을 떨면서 기다려야 한다. 그때 갑판원들은 원망 섞인 눈초리로 브리지를 쳐다보며 거친 욕을 내뱉을 때가 많았다. 접선이 완료되면 힘든 전재 작업이 기다리고 있기 때문에 짜증이 더 심해지는 것 같았다. 왜냐하면 접선을 시도할 때부터 완료될 때까지 전 갑판원이 갑판에서 대기해야 하는데 그렇게 지겹고 힘든 접선이 끝나면 곧이어 전재 당직 시간에 걸려 바로 전재 작업을 위해 어창으로 투입되어야 할지도 모르기 때문이다. 그것은 어떤 면에서 잘못된 '아다리'라고 해야 할 것이다. 입·출항 그리고 접선할 때 잘못 걸리면 그렇게 당직 시간이 연속되는 경우가 있었다.

운반선과 접선이 완료되면 일단 운반선을 타고 온 보충선원들이 넘어오고, 싣고 온 물품들을 받는다. 그리고 미리 짜여진 '전재 당직표'에 따라 전재 작업이 시작되는데, 보통 경험이 없는 선원들은 운반선에 배치된다. 그리고 경험 많은 선원들은 본선으로 배치되는데 이유는 본선의 입장에서 볼 때 운반선 선창(船艙, hold)엔 어획물이 어설프게 적재되더라도 운반선의 책임이지만, 본선의 어창에서는 생산된 날짜 그리고 배의 균형까지 맞추고, 전재해야 할 어종과 양 등등 신경 써야 할 부분이 너무 많기 때문이다. 그리고 본선의 어창엔 컨베이어 시스템 등이 잘 구비되어 있지만 운반선에서는 본선에서 실려 온 어획물을 거의 맨몸으로 적재해야 하는 어려움이 있었다. 반면에 운반선 측에서는 어획물을 자신의 선창에 잘 적재해야 했으므로 운반선으로 넘어온 본선 선원들에게 잘 좀 적재해 달라고 술과 안주를 뇌물(?)로 내놓기도 했다.

전재 작업은 하나의 어창에서만 이루어지는 게 아니라 선수

와 중간 어창 등과 같이 2개 이상의 해치를 열고 동시에 이루어졌다. 6시간을 일하는 중간에 한 번 참을 먹는 시간을 가지는데, 참을 먹는 시간에는 운반선으로 넘어갔던 선원들이 돌아오기도 한다. 그런데 가끔 운반선에서 이미 술을 제법 마셔버려 취하는 경우가 있었다. 사실 전재 작업은 힘들기도 하지만 위험한 작업이다. 비록 전재 수당을 받는다곤 하지만 전재 작업을 자유의사에 맡겨놓는다면 아무도 하고 싶어 하지 않았을 것이다. 영하 30도의 어창에서 꽁꽁 얼려진 냉동 어획물은 이미 생선이 아니라 '바위 덩어리'이다. 가끔 카고 윈치 후크에 매달린 '목꼬(もっこ, 어획물을 담아, 운반하기 위한 삼태기 같은 것으로, 그물이나 와이어로 만든다.)에서 어획물이 떨어지기도 했는데, 특히 운반선 측이 더 위험한 것은 본선에서 실려 온 목꼬의 어획물이 운반선 갑판(어창 해치 옆)에 대기하고 있던 중 배가 흔들리면서 몇 개의 어획물이 운반선 선창 내로 떨어져 해치 밑에서 작업하던 선원들을 위협하거나 강타할 수가 있기 때문이다. 실제로 그런 경우는 언제든지 일어날 수 있으며 그것 때문에 사망사고까지 발생한 적이 있었다.

특히 두 배가 조금씩 항해를 하면서 하는 전재 작업은 배가 흔들릴 수 있기에 매우 위험하다. 그리고 기상이 좋다고 하는 날도 북태평양의 겨울은 거친 바다 그 자체라고 할 수 있다. 접선을 완료하기 위해 무링라인을 당기고 또 그것을 탱탱하게 감아야 하는데 배와 파도의 힘에 의해서 굵은 무링라인

114   북양어장 가는 길

이 터져버릴 때도 있다. 그때 터진 무링라인이 선원을 때려버릴 수도 있는데, 그런 경우 뼈가 부러지는 것은 예사이고 사망사고까지 날 수 있다. 특히 한국 어선은 일본이나 다른 어선에 비하면 노후된 배들이라 무링라인을 거는 비트나 페어리더(fair leader) 등이 낡은 상태에서 부러지거나 뽑히면서 선원을 강타하는 경우도 있었다. 비트나 페어리더는 모두 금속으로 된 중량물이므로 그게 날아와서 몸과 부딪힌다는 것은 정말 상상만 해도 아찔하다.

기상이 좋지 않은 날은 이선(離船)하는 것도 쉽지 않았다. 이선할 때 가장 먼저 해결되어야 할 일은 운반선으로 넘어갔던 선원들이 본선으로 넘어오는 일이다. 선원들은 배에서 자체 제작한 둥근 통(금속으로 둥그렇게 만들었으며 한 번에 10명 정도가 탈 수 있는 것으로, 격투기 UFC 경기장의 축소판을 생각하면 됨)을 타고 넘어 다녔다. 하지만 그런 통이 만들어지기 전에는 그냥 그물이나 와이어로 만든 목꼬를 타고 다녔는데, 기상 악화로 이선할 때는 매우 위험했다. 특히 카고 윈치로 그것을 옮기는 과정에서 흔들리는 배와 함께 상하 요동이 너무 심해 선원들을 실은 목꼬가 갑판에 패대기쳐지는 대형사고가 날 뻔했던 적도 한두 번이 아니었다. 접선한 배는 바람과 파도의 영향으로 서로 당기는 힘이 발생해서 배의 외판이 충격을 받아 구부러지거나 부서지는 경우가 허다했다. 보통 조업선은 오른쪽으로 운반선의 왼쪽과 접선을 많이 하는데, 장기조업을 하고 입항할 무렵이면 오른쪽 난간 파이프 중에 성한 게 하나도 없을 정도였고 외판이 찢어지거나 일그러지는 경우도 많았다.

특히 운반선은 어선이라기보다는 상선(商船)에 가깝고 그런 이유로 항해 속도 등이 중요하기에 어선과는 달리 상단이 하단에 비해 상대적으로 넓고 날씬했는데, 어선과 접선하였을 때 배가 상하로 크게 출렁거리게 되면 운반선의 외판 상단이 어선의 외판 상단을 누르면서 강타하는 경우가 많았다. 한 번은 폴란드 운반선과 접선하여 기상이 갑자기 악화되는 바람에 이선을 해야 했는데 폴란드 선원들이 협조를 해주지 않고 미적거린 것과 폴란드 운반선의 생김새 때문에 HK호의 오른쪽 외판이 완전히 박살나버린 적도 있다. 외판 상단만 부서진 게 아니라 연돌과 선미까지 긁히고 선미에 전개판을 걸어두는 갤로우스까지 찌그러져버리는 최악의 사태가 일어나버린 것이다.

전재 작업으로 인하여 대학 후배 한 명은 운반선 선창에서 작업하다가 떨어지는 냉동 어획물에 머리 부위를 강타당하여 사망하였고, 수석 1항사 한 분은 터진 무링라인에 맞아 기절하여 긴급 출동한 헬리콥터에 실려 알래스카 병원으로 후송된 적이 있으며, 나도 2항사 때 운반선에서 작업하다 바로 발 옆으로 냉동어획물 서너 개가 떨어지는 위험한 순간을 경험했다. 지금 돌이켜보아도 너무나 아찔했던 순간이지만 그걸 어찌 운이라고만 할 수 있을까. 모두 터무니없는 노동 강도와 조

건 때문이었다고 말해야 옳지 않을까? 안전제일이라는 구호
나 캠페인이 필요한 지점이라고 말할 수도 있겠지만, 그런 사
고는 모두 노동 강도와 조건에 대한 구조적 문제에서 발생한
다. 아무리 안전을 지키려고 해도 노동 강도와 조건이 험악하
다면 언제든지 나올 수 있는 사고이다.

　북양어장의 거친 바다 환경, 배라는 특수 조건 그리고 장기
조업과 전재 작업 같은 것들은 모두 기본적으로 그런 사고의
잠재성을 내포하고 있다. 그런 잠재성을 염두에 두지 않고 운
이 나쁘다거나 안전의식을 강화하는 정도로만 사고를 예방할
수 있다고 한다면, 그것은 매우 비인간적인 처사일 것이다. 아
니 인간으로서 타인을 전혀 의식하지 않는 것이라고 해야 할
것이다.

　그와 더불어 사고의 보상 문제에까지 이르면 대체로 회사들
은 성실하지 못한 태도를 취했던 듯하다. 그래서 억울한 죽음
이 많았다. 때론 인간의 삶이란 게 어떤 거대함에 맞서 힘 한
번 제대로 못 쓰고 쓸려가기도 하는 것이라지만, 그런 것들을
하나씩 하나씩 찾아내고, 또 다른 희망을 가질 수 있도록 학습
하고, 그것을 서로에게 불씨처럼 전해주는 게 우리 삶을 더 풍
요롭게 해왔던 것 아닐까? 그걸 모른다면, 아니 알아도 어떻게
삶에 적용시켜야 하는 것인지를 생각해보지 않았다면 그것은
스스로 '물질화'되었음을 자인하는 꼴이 될 것이다. 하지만 우
리는 그런 것들을 학교에서 혹은 사회에서 많이 배우지 못했

다. 자신이 아닌, 우리가 아닌 타자들을 어떻게 발견하고 사랑해야 하는지를 말이다. 인간에 관한 것뿐만이 아니라 눈에 보이지 않는 것들까지 포함해서 말이다. 우리가 거친 바다 위에서 눈에 보이지 않는 가족을 사랑하고 걱정하였듯이, 잘 보이지 않는 주변을 더 찾아내고 넓혀나가야 할 것이다.

감기처럼 퍼지는
선원들의 놀이

기억나는 사건 하나는 HJ호에서 벌어진 조리부원들의 싸움이다. 조리부원은 음식을 담당하기 때문에 술을 확보할 수 있는 유리한 조건에 있었다. 그리고 음식을 담당하다 보니 안주 같은 것도 만들어 먹기 좋았을 것이다. 조리부는 출항 준비 중 주식(쌀)과 부식(반찬이나 양념류)을 실을 때부터 납품 업체로부터 특별한(?) 대우를 받았다. 당시 조리장은 평소에는 상당히 조용한 사람이었다. 조리부원은 모두 네 명인데 한 명은 사관식당을 담당하고 '싸롱(싸롱보이)'이라 불렀다. 그리고 주방장(주자), 조리수, 조리원이 있었다. 이들은 어느 날 단합대회를 겸해 점심 이후부터 먹은 술에 모두 많이 취해버린 것 같았다. 예전에는 그런 일이 한 번도 없었는데 말이다.

조리장은 술에 취해 조리수에게 저녁을 책임지라 하곤 뻗어버렸는데, 역시 술에 취한 조리수가 조리원에게 저녁 식사로 국수를 준비하라고 명령했다. 조리원은 어떻게 저녁 식사로 국수를 내놓을 수 있냐고 하면서 그렇게는 할 수 없다고 말했다. 사실 선원식당에서는 식사할 때 준사관(갑판장, 조기장 등)들의 입김이 여간 센 게 아니다. 간혹 식사에 문제라도 있으면 바로 그 자리에서 조리부를 불러 질타를 하곤 한다. 그러니까 조리원이 생각하기에는 저녁에 국수를 올리면 준사관들에게 엄청난 욕을 먹을 게 확실하였다. 그래서 그렇게 할 수 없다고 한 것이다. 명령에 불복했다고 조리수가 조리원을 욕하고 때리다가 급기야 싸움이 일어났는데, 조리원이 반항하며 달려드니까 조리수가 순간 옆에 있는 식칼로 협박하다가 자신도 모르게 내리쳐 버린 모양이다. 칼이 조리원의 관자놀이 근처를 스치고 지나가면서 유혈이 낭자하게 되었다. 그제야 주변에 있던 선원들이 아수라장이 되어버린 현장으로 달려와서 싸움을 말렸다. 피를 보자 더 흥분한 조리수는 자신의 명령을 듣지 않는 조리원을 죽여버려야 한다고 악을 쓰고 있었는데, 몇 사람이 달려들어 술 취한 조리수의 칼을 뺏고 선원식당 옆에 있던 3항사 방에 감금해버렸다. 그리고 칼에 맞은 조리원은 머리를 붕대로 감아 2층 내 방에 눕혀(숨겨)놓았던 것이다. 그런 줄도 모르고 브리지에서 당직을 마친 나는 방문을 열고 깜짝 놀랐다. 머리에 붕대를 친친 감은 데다가 붉은 피까지 배어 나온, 마치 시체 같은 사람이 침대에 누워 있었던 것이다. 섬뜩한 느낌이 들었다. 그날따라 현창 밖으로 북양의 달빛이 교교하게 비치고 있었다.

아무튼 그 사건으로 선장은 배에 있는 모든 술을 바다에 버리라는 명령을 내렸다. 하여 항해사가 관리하던 창고의 술을 비롯해서 갑판부, 처리부, 기관부 할 것 없이 모든 술을 바다에 버리게 되었던 것이다. 아까운 술이었다. 하지만 술, 싸움, 칼, 피 등을 생각하면 어쩔 수 없었다.

그로부터 몇 달 후 부산에 입항하여 새로운 선원을 싣고 어장으로 가던 중 항해 당직을 위해 올라온 선원의 말을 듣게 되었다. 다른 배에 있을 때 참으로 희한한 일이 있었는데, 12월 크리스마스 때 피시본드에서 어획물을 밀다가 병뚜껑을 따지 않은 소주 다섯 병이 올라와서 정말 맛있게 마셨다는 것이었다. 그에겐 경이로운 크리스마스 선물이었던 것이다. 우리가 버린 소주가 차가운 알래스카 바닷속에서 뿔뿔이 흩어져 재기를 꿈꾸던 중, 어떤 자선의 그물 속에 들어갔던 모양이다. 그리고 그가 타고 있던 배로 넘어갔던 것인데, 참으로 멋진 부활이라는 생각이 들었다.

대개 조업선에서는 술을 통제하는 편이다. 노동 강도도 센 데다가 술을 통제하다 보니 술을 한 번 입에 대면 욕심이 생겨 쉽게 취해버리는 경우가 많았다. 그래서 평소엔 아주 조용하다고 생각했던 사람도 술을 통해서 야성(野性)이 드러나는 경우가 잦았다. 그리고 한 번 무너진 이미지를 회복하지 못해서 중간에 귀국하는 선원도 있었다. 상선의 경우에는 술을 통제하지 않고 선원들의 자유의사에 맡겨둔다. 사실 어선도 술을 살 기회가 없어서 그렇지 입항해서 자신이 구입한 술은 자신이 알아서 관리한다. 다만 배에서 공용으로 구입한 술은 항해사들이 관리한다. 기지선이나 장기조업을 하는 북양어장의 경우 선원들이 갖고 있는 술은 일찍이 동나 버린다. 그러니까 술은 늘 귀했다. 그래서 모두 술 한 병 얻기 위해 혈안(?)이 되었다. 술을 얻으려면 관리자인 항해사에게 잘 보여야 하는 것이다.

그래서 처리부원들은 당직을 마칠 무렵이면 회나 '알탕'을 준비하여 자기들의 침실로 항해사를 초대하기도 한다. 그러면 항해사가 답례로 소주 몇 병을 들고 간다. 명절이나 회식이 있는 날은 술이 배급되지만 그것으론 턱없이 부족하다. 그래서 늘 무엇을 해주는 대가로 술을 요구하게 된다. 항해사의 머리를 깎아줘도, 무엇을 수리해주거나 청소를 해줘도 술을 요구한다. 술은 적당히 마시고 위와 같은 큰 사고만 없다면 언제든지 마실 수 있도록 하는 게 좋은 듯하다. 왜냐하면 술 또한 음식이니까.

북양어장에서는 모든 술 종류가 면세품이었기에 입항해서 집으로 돌아갈 때 '양주' 한 병쯤 챙겨놓았다가 가지고 가는 선원도 있었다. 당시 육지에 있는 사람들은 배를 탔다 하면 무조건 양주나 양담배와 같은 '물 건너온 선물'을 기대했다. 하지만 북양어장에서 일하는 선원들은 외국 땅을 밟아볼 기회를 갖지 못한다. 그래도 육지 사람들은 그런 사정을 잘 모른다.

조업선에서 이루어지는 선원들의 놀이는 그렇게 다양하지

않다. 명절엔 모두 선원식당에 모여서 크게 한 판 노는데, 노래 자랑과 윷놀이, 제기차기, 바둑, 장기, 오목 대회 그리고 갑판에서 그물실로 만든 공으로 미니 축구 등을 하였다. 하지만 평소에 가장 많이 하는 놀이는 카드 게임의 하나인 '훌라'였다. 요즈음 유행하는 '전투 훌라'는 없었지만 여름철이나 야식 무렵 그리고 피항할 때 침실과 선원식당에서 여러 팀의 게임이 벌어졌다. 배마다 유행하는 놀이가 있었는데, 어떤 배는 고스톱만 치고, 장기를 두는 곳이 있는가 하면 조그마한 윷가락을 만들어와서 윷놀이를 하는 배도 있었다.

하지만 훌라를 가장 즐겨 했던 것 같다. 훌라는 다른 게임에 비해 스릴감이 높고 도박성이 강했다. 훌라를 할 때 판돈은 모두 '담배'였다. 담배 한 갑을 단위로 게임을 했는데 판돈으로 너무 자주 주고받다 보니 포장지가 손때를 타서 너덜너덜해져 버리는 경우가 많았다. 그걸 방지하기 위해 판돈용 담배는 전기테이프로 모서리를 친친 감아 사용하기도 하였다.

문제는 판돈을 많이 잃은 사람이 어떻게 노름빚을 갚을 것이냐 하는 것이었다. 담배와 주류 등은 모두 면세였기 때문에 금액은 그리 큰 게 아니었다. 술은 배에서 필요한 양만큼 주문을 하고 담배는 개인이 주문한 것을 항해사가 취합해서 선장에게 보고했는데, 어느 날 100보루를 주문하는 선원이 있어 알아보니 '노름빚'을 갚기 위한 것이었다. 아무리 면세품이라 가격이 낮고, 마음대로 주문할 수 있다곤 하지만 너무 심한 것 같아 그렇게는 주문을 받을 수 없다고 하였다. 항해사들은 당사자들 사이에서 노름빚을 조금 탕감해주라고 말해보기도 하고 차라리 입항해서 현금으로 갚으라고 권해보기도 하였다. 담배 100보루 같으면 엄청난 양인데 바다에선 결국 다 피우지 못하고 입항할 때 집으로 가지고 가야 하기 때문이었다.

북양트롤선도 부산에 입항하면 세관직원들이 검색하러 올라온다. 다만 출항하여 외국 항에는 입항하지 않는다는 걸 아니까 검색이 그리 까다롭진 않았다. 하지만 담배나 술은 면세품이라 항구의 정문(gate)을 통과하는 게 늘 문제가 되었다. 어선은 특별한 일이 없으면 어선 전용부두에 계류하였다. 그래서 면세품에 대한 감시는 허술한 편이었다. 면세품의 경우 개인이 사용하던 담배 몇 보루, 양주 1병 정도는 집으로 가져가는 걸 관행상 허용해주었지만 담배 100보루를 들고 정문을 통과하는 것은 문제가 될 수 있었다.

선원들이 했던 또 하나의 놀이는 무언가를 만드는 것이었다. 박제(剝製)를 만드는 것도 그중 하나였는데 오만 같은 곳에선 거북이나 가재 등을 박제로 만들기도 하였다. 하지만 알래스카 어장에선 그런 게 금지어종이니 엄두를 못 내고 명태나 대구 혹은 임연수어로 만들기도 하였다. 그런데 그건 박제라기보단 말려서 니스를 칠해놓은 수준이다. 어떤 외국인(대리인)은 여러 어종의 어탁(魚拓)을 뜨기도 하였다. 그는 오랫동안 그 일을 해왔던 것 같았다. 미리 준비해 온 다양한 색깔의

한지에 우리가 흔한 물고기라고 생각했던 명태와 가자미 등을 어탁해놓으니 제법 그럴싸한 작품처럼 보였다. 그걸 고향에서 행사 있을 때마다 판매하는데 수입이 꽤 괜찮다고 하였다. 그리고 명태의 이석(耳石)을 귀걸이의 장식용으로 판매한다면서 모으고 있었다. 유아(幼兒)의 이빨 같은 작은 이석이 그렇게도 사용되는 걸 보니 신기했다.

배 만들기가 한창 유행일 때가 있었다. 처리실이나 갑판에 깔려고 들여온 나무(두꺼운 판자)를 깎아 기본적인 배의 모형을 만들고 그곳에 성냥이나 이쑤시개, 종이를 이용해서 세밀하게 만드는 것이었다. 모형 배를 만드는 작업은 하루나 이틀 만에 되는 게 아니었다. 판자를 대략적인 배의 본체 모양으로 잘라 대패와 사포로 깎고 문지르는 작업만도 쉬는 시간에 틈틈이 하다 보니까 며칠이 걸렸다. 갑판의 여러 가지 장식물 등과 범포도 만들고 배의 창문도 단추를 이용하여 만들었다.

허나 나중에 보면 무슨 배인지 모르겠다 싶을 정도로 정체불명의 모호한 모형이 많았던 것 같다. 군함인 것 같으면서도 상선이거나 범선처럼 생긴 것들이 그랬다. 아무런 주제도 없이 그냥 좋다는 것은 다 갖다 붙여서 그렇게 된 게 아닐까. 그런데 어느 누구도 자신이 지금 타고 있는 선미식 트롤어선을 만드는 사람은 없었던 것 같다. 만들기가 너무 어려워서일까 아니면 자신이 승선하고 있기에 무감각해져버렸던 것일까, 그것도 아니라면 그냥 부끄럽거나 생각하기 싫어서일까. 지금 생각해보면 그들이 만들었던 것은 어쩌면 그들이 육지에서 늘 상상해왔던 배의 완벽한 이상형으로서의 '이데아(idea)' 같은 것이었다. 어쩌면 그것은 판타지였을지도 모르겠다. 현실보다 더 높은 곳에 있는 완벽함의 다른 이름, 가령 '진선미(眞善美)' 같은 것처럼 말이다. 유선형으로 잘 빠진 몸체 하며 전체적으로 순수한 하얀색 그리고 화려한 장식의 배치가 그들이 꿈꾸었던 이상적인 선상생활의 결정체인 것처럼 빛나기도 했다.

배에선 문구류를 구입할 때 순간접착제도 함께 신청하는데 그 대부분이 모형 배를 만드는 데 사용되었던 것 같다. 순간접착제는 항해사로부터 처리장을 통해 귀하게 유통되었다. 그러니까 처리장에게 잘 보여야 한 통 정도를 얻을 수 있었다. 특히 귀국할 때쯤이면 모형 배 만드는 작업은 절정을 이루게 된다. 모두들 경쟁적으로 만들기에 참여하여 선원 침실에 내려가 보면 무슨 기능대회 시합장에 온 것 같은 착각이 들 정도였다. 톱밥과 나무 가루 그리고 접착제의 휘발성 냄새와 줄로 무언가를 긁어대고 사포로 문지르는 소리 등등. 예리한 칼날로 조각을 하며 작품에 혼을 불어넣는 선원들은 모두 예술가가 되어가고 있었다. 그들은 자기 작품을 대단한 것으로 여길 뿐만 아니라 다른 작품을 평가절하하기도 하였는데, 서로에 대한 평가가 심해져 하루아침에 자기 작품을 폐기처분하고 다시 새로운 작품을 시작하기도 하였다.

폐쇄된 시공간에서 생길 수 있는 왜곡된 집단심리 혹은 자기 내부의 어떤 편집증이 발동한 것처럼 보이기도 하였지만, 육상에 있는 사람들은 선원들이 귀국할 때 바다냄새 나는 물건 하나쯤은 들고 오기를 바랐고 선원들은 육지에 살고 있는 그리운 사람들의 기쁜 얼굴을 생각하면서 모형 배를 만들었을 것이다.

또 하나 특이한 놀이는 성기(性器)의 표피에 작은 구슬을 박는 것이었다. 언제, 어디서 유행이 시작되었는지는 모르겠지만 한때 그런 바람이 배를 휩쓸 정도로 불었다. 칫솔대를 갈아서 넣는 사람도 있었고, 출항할 때 육지에서 진짜 금으로 작은 구슬을 만들어 오는 사람도 있었다. 그걸 박을 때 마취를 하는 게 좋은가, 하지 않는 게 좋은가에 대한 논쟁으로 시끄러웠고, 고통을 잘 참아내는 걸 용기로 여겼다. 당시 갑판장은 60세 정도가 되었는데 젊었을 때 박아 넣은 구슬을 그대로 유지하고 있었다. 핑계는 마누라가 못 빼게 한다는 것이었는데 마치 비빌 병기(?)처럼 여기는 것 같았다. 재밌는 건 젊은 사람들 중에는 한 번 넣고 난 뒤에 다른 사람의 평가에 따라 몇 번을 뺏다 박았다 하는 사람이 있다는 것이었다. 위치나 크기에 대해 다른 사람의 평가를 반영한 것인데, 그 아픔을 생각하면 참으로 대단한 사람이라는 생각이 들었다. 그것은 피어싱(piercing)의 일종이었다. 살을 뚫을 때의 아픔을 참아내면서 스스로 강한 사람이라고 생각하는 것 같았다. 나는 그게 섹스에서 어떤 역할을 할 것이라는 '실용적(?)'인 측면보다, 그렇게 하고픈 욕망을 참으로 존중해주고 싶다.

물론 섹스를 남성성기 중심으로 본다는 문제가 있기는 하지만 사실 북양어장에선 섹스할 기회가 없다. 그래도 그들은 먼 장래를 생각하면서 자신의 무기를 벼린다고 생각하였다. 그게 거짓되고 과장된 정보에 의한 것이라고 할지라도 그들은 주변에 흘러 다니던 갖가지 정보에 쉽게 동요하고 쉽게 진리라고 믿어버렸다. 그게 오히려 단절된 시공간에서 살아가는 방법이었을까. 그런 놀이들이 쉽게 잠잠해지지는 않았다.

그건 마치 감기라는 증세와 같다고 할 수 있을 것이다. 철학적으로 보자면 아주 '비실체(非實體)'적이다. 언제 어디서 시작되었는지 모르지만 한 사람, 한 사람 그렇게 감염 범위를 넓혀가면서 그 증세로 인해 어느 날 문득 모두가 기침을 하고 있는 것처럼 말이다. 실제로 북태평양(트롤선)에선 감기바이러스가 없다. 외국인과 운반선에서 보충선원들 중 감기증세가 있는 사람이 넘어오면 서서히 유행하였다. 그리고 한 바퀴 돌고 난 뒤에 마치 저기압이 소멸하는 것처럼 어디론가 사라져버렸다. 하지만 그건 사라지는 게 아닐 것이다. 어딘가에서 잠복하고 있는 것이다. 선원들의 놀이도 마찬가지였다. 이게 유행하는가 싶다가도 이내 사라지고 다른 게 유행하고, 한 번 유행하면 마치 아이들처럼 단순하게 그것에 매달리고 몰입하는 집단심리가 있었다.

아무튼 그렇게 만들었던 모형 배, 그리고 성기의 구슬들이

아직도 건재하며 제대로 사용되고 있는지 궁금하다. 그리고
그들이 그걸 만들면서 꿈꾸었던 욕망의 극대화가 이루어졌는
지, 아니면 최소한 한 번이라도 만나보기나 했는지 궁금하다.

인간의 힘을 벗어나는
그물 사고들

저서 어종을 대상으로 하는 인도양, 대서양에선 그물 사고가 잦다. 그물을 해저에 붙여 끌고 다니기 때문인데 그물이 해저에 있는 암초 등에 걸리면 단순하게는 그물이 찢어지는 일에서부터 와이어가 터지거나 심지어 트롤윈치에 연결된 '메인 와이어'가 터져 그물 전체를 잃어버리기도 하였다. 그걸 '통걸이'라고 하는데 어선에서 일어날 수 있는 대형사고 중 하나다. 통걸이를 당하면 '카고 후크'로 대형 갈고리 같은 걸 만들어 잃어버렸던 자리를 하루 종일 끌고 다니면서 찾아야 했다. 또 다른 대형 사고는 트롤 그물의 코드엔드 부분이 프로펠러(screw propeller)에 감기는 일이다. 일명 '스크루 해 먹는 것'이라고 하는데, 오타보드로 스크루를 쳐서 엔진을 완전히 멈추는 것 다음으로 큰 사고다.

코드엔드는 합사수가 높은 굵은 그물 두 겹 이상으로 되어 있고, 힘줄로 사용된 와이어도 여러 개이며 심지어 그물 밑판이 닳지 말라고 달아둔 일명 '코드엔드 털'도 엄청나기에 프로펠러에 감기면 수백 마력의 엄청난 힘으로 돌아가던 엔진도 멈춰버린다. 수온이 따뜻한 해역에서는 주로 항해사들이 잠수하여 그걸 풀어내지만 작업 시간이 최소한 반나절 이상 걸리는 '대공사'였다. 더구나 그물이 감기면서 프로펠러가 휘어지기라도 한다면 배의 운항이 불가능할 수도 있게 되어 배는 수리조선소로 끌려가야 한다.

그물이 감긴다는 게 실패에 실 감기듯이 차곡차곡 깔끔하게 감기는 게 아니라, 엄청난 힘으로 회전하던 프로펠러를 멈추게 할 정도니까 와이어는 감기면서 짓이겨지고, 폴리에스터 성분인 그물은 감기면서 발생하는 열에 의해 녹아 압착되기도 한다. 물속에서의 작업이란 잠수구를 착용하고 들어가서 쇠톱으로 일일이 와이어를 잘라내는 작업을 말하는데 전문 잠수장비가 없으므로 배 위에서 수동으로 공기펌프를 저어 산소를 공급해주었다. 그때 물속으로 들어가서 그물과 와이어를 잘라내는 작업을 하는 사람은 그 순간 '영웅'이 되었다. 그리고 위에서 시소처럼 생긴 공기펌프 손잡이를 젓는 사람은 마치 노예처럼 추호의 빈틈도 없이(쉴 틈 없이) 저어주어야 했다. 물속에서 작업했던 사람이 올라와서 산소공급의 미흡함에 대한 약간의 불만을 말하기라도 한다면 '노예'들은 선장에게 완전히 작살날 수도 있으니까.

저층트롤에서 투망을 마치고 예망할 때 항해사는 선미에 걸려 있는 '톱 롤러(top roller)'의 움직임을 눈이 뚫어져라 감시해야만 한다. 톱 롤러는 트롤윈치의 '메인 와이어'가 '전개판(otter board)'으로 연결되면서 지나가는 곳인데, 해저 속에 있는 그물이나 전개판이 충격을 받으면 흔들리게 되고 그 충격이 톱 롤러에 전해지는 것이다. 와이어가 터지지 않고 암초에 걸리면 메인 와이어에 장력이 전달되면서 순간 메인 와이어가 '슬라기(slack의 일본식 발음, 풀어주다 혹은 미끄러지다)'되는 경우가 있는데, 이때 윈치실에서 근무하는 사람(winch man)은 트롤윈치 드럼(winch drum)의 브레이크를 재빨리 풀어주어야 더 큰 그물 사고를 막을 수 있다. 당연히 이때 브리지에서는 배의 속력을 낮추어주어야 하고, 메인 와이어의 풀림 현상이 어느 정도 진정되었다 싶으면 주의 깊게 살피면서 메인 와이어를 천천히 감아야 한다. 이때 배는 그물의 장력으로 인하여 뒤로 밀리면서 그물이 프로펠러에 근접할 수 있는데, 이때 엔진을 조금 사용해서 그물이 늘 배의 후방에서 나오게 해야 그물이 프로펠러를 감아 먹는 사고를 예방할 수 있다. 그물이 많이 파손되지 않기를 바란다면 엔진을 가능한 한 적게 써야 하지만, 프로펠러를 보호하려면 엔진을 어느 정도는 써야 하는 딜레마가 있었다.

저층트롤선은 그물 사고가 많이 나는 편으로 그물의 밑판이 찢어지는 경우가 가장 흔한 사고다. 저층트롤 그물은 위판보다 밑판에 더 굵은 그물을 쓴다. 보통 그물은 실의 굵기를 '합사수'로 표현하는데, 빨랫줄이라고 생각했을 때 합사수는 한

가닥이 몇 개의 '단위실'로 되었는지 표시하는 것이다. 합사수가 높을수록 굵어진다고 보면 되겠다. 좀 더 자세하게 설명하면 단순한 낱실(외올)을 꼬아 단사(single yarn)을 만들고, 그 단사를 꼬아 편자사(plied yarn)를 만들고, 이 편자사 두세 가닥이 합쳐져서 하나의 망사(netting twine)가 되는 것이다. 이것을 복사(cabled yarn)라고 한다. 편자사의 가닥은 수적으로 변화시킬 수도 있고, 편자사를 꼬면서 망사 속에 금속물질 등을 섞을 수도 있으며, 꼬는 방향을 다르게 함으로써 망사의 물리적인 성질을 변화시킬 수도 있다. 과거에는 천연섬유에 의존하였으나 지금은 대부분 합성수지계 제품을 쓰고 있다. 가령 로프망의 경우는 가늘면서도 장력이 강한 게 특징이다. 그러면 같은 마력이라도 큰 그물을 차고 다닐 수 있고, 예망력이 높아지면서 어획성적이 좋아진다.

저층트롤선에서는 예망할 때 선미의 갤로우스에 매달려 있는 톱 롤러의 움직임을 잘 감시하여야 하고 트롤윈치의 클러치도 빼놓아야 했다. 클러치를 넣어놓은 상태에서 예망하다가 그물이 해저에 있는 장애물에 걸리면 그물이 크게 파손되거나, 그물과 배를 이어주는 '메인 와이어'가 끊어져버려 그물 전체를 잃어버릴 수도 있다. 그러므로 클러치는 빼놓은 채 트롤윈치 드럼의 브레이크만 잡아놓는다. 해저에서 그물이 장애물에 걸리면 즉각 그 장력이 메인 와이어에 전달되고, 또 트롤윈치에 전달되어, 그동안은 브레이크 라이닝이 트롤윈치 드럼을 잡고 있지만 잡고 있는 힘보다 해저에 걸린 장력이 더 강하므로 트롤윈치 드럼이 풀려나가면서 그물의 손상을 감소시킬 수가 있었다. 항해할 때 항해사의 주요 임무 중 하나가 선박이 나아가는 방향 즉, 전방을 잘 주시하는 것이다. 트롤선은 브리지가 선수에 있고 브리지 뒤편으로 갑판이 있으며, 그곳에서 투·양망 작업이 모두 이루어지므로 조업 중에는 전방보다 후방을 잘 살펴야 한다. 특히 저층트롤선의 경우 예망 중일 때는 늘 선미의 톱 롤러를 포함한 모든 어로기계 및 장비의 상태와 변화 등을 주의깊게 봐야 한다. 가령 트롤윈치 드럼이 해저로부터 전해지는 장력에 의해 움직이는지는 철저하게 살펴야 한다. 트롤윈치 드럼이 장력으로 인해 풀리는 방향으로 돌아가는 걸 '슬라기'라고 하는데, 그것은 급양망(비상사태)이 시작되는 신호라고도 할 수 있다. 이때는 피치 제로(pitch zero)를 외치며 브레이크 라이닝(brake lining)을 재빨리 풀어주어야 한다.

초발 어장

메인 와이어의 상태도(떨림이나 출렁거림) 확인해야 한다. 예망 중엔 선속이 5노트(knot) 정도밖에 되지 않으므로 선박끼리 직접 충돌할 위험성은 매우 적다. 브리지 당직은 늘 두 명 이상이므로 후임 항해사는 타륜을 잡으면서 전방을 살펴야 한다. 선임 항해사는 전방보다는 후방의 모든 상황을 살피게 된다. 저층트롤선의 경우 대개 5분 간격으로 레이더로 배의 위치를 구한다. 특히 해저의 상태가 좋지 못한 '초밭(암초) 어장'에서는 위치를 구하는 시간의 간격이 더 짧아질 수 있다. 당연히 위치의 정확도가 매우 중요해지는데, 위치를 구하는 방법은 물표에 따라 여러 가지가 있다. 저층트롤선에서는 예망코스의 정확성이 어획 성적을 좌우하는 경우가 많다. 투망해서 예망하고 양망할 때까지를 '한 방'이라고 하는데, 좁은 코스에서 고기가 좀 잡힌다 싶으면 많은 어선이 몰려와 함께 조업해야 하므로 한 방 끝내고 그 자리에서 역방향으로 배를 돌리는 '돌려치기'가 어려울 때가 많았다. 그땐 일방통행만 허용되는데 양망을 하면 투망한 곳으로 달려가서 다시 투망을 하는 것이다. 초밭 작업에선 그물이 찢어지는 경우가 허다한데, 심한 경우는 예비그물까지 다 망가져버려 그물 때문에 조업을 잠시 포기해야 하는 경우도 제법 있다. 사실 그냥 그물만 찢어지는 경우는 그리 큰 사고가 아니다. 모든 선원들이 함께 달려들어 기워내면 그만이기 때문이다. 하지만 그물의 주요 부위인 발줄(ground, 그물을 해저에 붙여주는 역할을 하는데, 와이어에 폐타이어 자른 것이나 고무 혹은 금속성 공을 끼워 넣어서 만들고, 트롤 그물의 밑판 그물 입구에 해당함)이나 뜸줄(그물을 상하로 벌려주는 역할을 하는데 와이어에 플로트 등을 부력에 맞게 부착하여 만들고, 트롤 그물의 천장망 입구에 해당) 등이 터지면 그 그물로는 당장 투망할 수가 없다. 왜냐하면 투망해도 물속에서 그물의 전개가 제대로 되지 않기 때문이다. 아무리 시간이 걸리더라도 그 부분을 완벽하게 수리하거나 교체해야 투망이 가능하다.

그러므로 저층트롤선의 경우 '초밭'에서 하는 조업은 위험할 뿐만 아니라 매우 긴장되는 시간의 연속이라고 해야 할 것이다. 어구의 일부가 해저의 암초에 걸려 예망이 더 이상 어려운 경우도 있으며, 해저에서 전개판이 암초에 부딪혀 메인 와이어가 출렁거리고, 그 출렁거리는 메인 와이어가 갑판에서 작업하고 있던 선원의 머리나 등짝을 때려 부상을 당하기도 한다. 해저의 상태가 좋은 곳에서 예망 중일 때는 선원들이 갑판에 나와서 그물을 수리하는 경우가 별로 없지만, 그물이 작살났을 경우는 예망 중에도 예비그물을 수리하여야 하므로 위험하지만 어쩔 수 없이 갑판에서 선원들이 분주히 움직여야 한다. 보통 때도 마찬가지이겠지만 예망 중인 트롤어선의 갑판에서 작업할 때는 반드시 안전모를 착용해야 한다. 눈으로 보기에는 조금 출렁거리며 슬쩍 스치는 것 같지만 메인 와이어를 맨머리에 맞으면 머리가 깨지는 수도 있다. 지름 32밀리미터의 메인 와이어는 속이 꽉 찬 금속봉과 마찬가지라고 할 수 있다. 그물 파손 정도는 양망 중 선미에서 갑판장이 그물의 올라오는 상태를 보면 잘 알 수가 있는데 전체 그물이 쫙 펼쳐져 올라오므로 그물의 어디가 파손되었는지 잘 보인다. 그때 갑판장은 그물의 어디가 다쳤는지를 브리지에 수신호로 알려준다.

　그리고 초밭에선 천장망 입구의 와이어가 터져 플로트가 떨어져 나가는 사고도 자주 발생했다. 플로트는 고가(高價)이기도 하지만 수면 위로 떠오르는 것이기에 배를 몰고 가서라도 가급적이면 건지려고 한다. 하지만 야간에 그런 사고가 나면 망망한 어둠 속에서 플로트를 찾아내서 건진다는 게 쉬운 일은 아니었다.

「초(暗礁)밭 작업」

머리통을 레이더(radar)에 틀어박아

배의 위치를 잡는다.

'렛-고' 소리 다급하게

갑판에 울려 퍼지고

카고 후크에 매달린 트롤(trawl) 어구는

방금 발굴된 암갈색 공룡의 뼈.

늑골에 붙어 있는 샤클(shackle)들은

닳고 닳아, 번득이는 이빨이 되어

해저의 숨통을 끊어 버릴 기세다.

그는 지층 같은 수압을 견뎌내야 하는

숙련된 잠수 기술자,

해저에 닿자마자 32미리 메인 와이어는

신경다발처럼 떨려오고

어군 탐지기는 습식 기록지에

탁, 탁, 탁, 탁

신음소리를 긁어댄다.

복제의 신호를 토해내는 동안

등에 식은땀이 흐른다.

트롤윈치는 바다의 뒷덜미를 움켜쥐고 있다.

그런데 저층트롤의 초발 조업에서 생각해보아야 할 것은 바다생태계의 모습이다. 가령 우리가 초밭이라고 부르는 곳은 사실 바다생물들의 거주구역이라고 할 수 있다. 하지만 초밭 조업으로 인하여 그곳은 여지없이 파괴되고 만다. 가령 오만 어장의 경우 1항차 정도를 조업하니 바다에서 그물에 걸려 올라온 돌들이 1톤이 넘었는데 그걸 모두 조업 장소가 아닌 다른 곳에 버렸다. 결국 바닷속의 환경은 트롤어선에 의해서 심각하게 변화를 겪는 셈이고, 그곳에 살던 생명체들은 다른 곳으로 서식처를 옮겨야 한다. 더구나 저층트롤 어구들은 말이 어구이지 바다의 생명체의 입장에선 거의 흉기에 가까웠다. 그물이 당기는 힘이 수천 마력에 이르고 그물의 크기나 무게도 엄청나다. 더구나 입어계약에서 조업을 허락한 것보다 훨씬 더 낮은 수심과 가까운 연안에서 불법조업을 함으로써 생태계가 여지없이 파괴되는 경우가 많았다. 초밭작업으로 인해서 일어나는 그물 사고는 인간의 욕망과 바다생태계가 충돌하는 것이다. 더 나아가 그것은 자신의 삶 속으로 불쑥 들어온 검은 손을 물어뜯는 바다생태계의 저항, 즉 자신의 터전을 지켜내려는 안간힘이었다.

해파리

저층트롤에서 일어나는 특이한 그물 사고 가운데 '해파리'에 의한 것이 있다. 해파리 떼가 그물에 들어 코드엔드가 가득 차게 되면 해파리 형태의 특성상 서로가 밀착되면서, 말 그대로 젤 상태가 된다. 더구나 해파리는 수분을 많이 함유하고 있으므로 그물이 아주 무거워져버린다. 나중엔 물이 빠지지 못해서 그물은 팽팽하게 터질 듯 부풀어 오르고, 결국 코드엔드보다 약한 몸통 그물이 먼저 터져버린다. 물이 빠지지 않은 상태에서 입구까지 해파리가 꽉 차버리면 코드엔드가 너무 무거워져 갑판 위로 올리기도 어려워진다. 몸통 그물은 몸통 그물대로 터지면서 걸레처럼 찢어져 마치 폭격을 당한 것처럼 그물의 살(망지)들은 어디론가 사라져버리고 뼈대만 앙상하게 올라오는 것이다. 빵빵해진 코드엔드는 나중에 칼로 뒤쪽 아랫부분을 일부러 찢어 설사(?)를 시켜야만 했다. 해파리를 어느 정도 바다로 방출시킨 다음에야 코드엔드를 갑판으로 올릴 수가 있는데 그땐 이미 그물 한 틀(한 세트)이 완전히 작살 난 상태라 '예비그물'로 바꾸어야 할 지경이 된다. 해파리는 무리를 지어 해저에서부터 표층까지 떠다니므로 갑판에서 내려다보면 보이기도 한다. 드물긴 하지만 해파리가 물속에 떠다니다가 배의 냉각수 구멍으로 흘러 들어가 온몸으로(?) 냉각수의 방출을 막아버리는 심각한 사고를 내는 경우도 있다.

저층트롤 어선과는 달리 중층트롤 어선에서는 선미의 톱 롤러를 감시해야 할 필요가 없다. 수심 3,000~4,000미터가 되는 바다에서 수심 200~300미터 정도에 군집을 이루고 있는 어군을 포획하는 것이기에 그물이 바닷속의 어떤 장애물에 걸려 파손될 가능성이 없는 것이다. 다만 북양어장의 황금기엔 명태가 너무 많이 들어 해파리의 경우처럼 그물이 파손된 적이 있었다고 한다. 하지만 네트레코더(망고계)가 있으므로 산더미 같은 명태 어군을 만나 그물이 찢어질 정도가 되면 일찍 양망해버리는 것으로 위험을 피한다고 했다.

세 번의 사고

1989년 겨울, 명란 철이었다. 미국의 경제수역 내로 들어가 합작 사업을 하기 전 각국 어선들은 베링 해에서 자체조업을 하고 있었다. 1988년에는 주간의 어획이 그렇게 부진하지 않아서 야간에는 주로 어군탐색만을 하고 조업하는 경우는 드물었지만, 그해에는 이상하게도 각국 배들이 모두 야간 조업을 했었다. 당시 주간 조업의 성과가 좋지 않아서였을 것이다. 눈보라가 너무 심해 브리지 앞의 선수루(forecastle)에 있는 깃대도 잘 보이지 않을 정도로 시계가 좋지 않았다. 그럼에도 불구하고 명란 철이라 어군이 조금만 형성되었다 싶으면 각국 배들이(소련, 일본, 한국, 대만, 중국, 폴란드) 약 200여 척이나 몰려들어 머리가 터질 정도로 야간조업(야간전투)에 열을 올리고 있었다. 한마디로 전쟁터 같았고 그러다 보니 그물 사고도 많이 났다.

S교역의 쌍둥이 배 1,500톤급 HJ, HK호는 모두 '남양어망(주)'에서 새로운 '로프망'을 구입하여 자체조업을 하고 있었는데, 남양어망(주) 소속의 과장이 직접 현장에 파견되어 자기 회사 그물의 어획성능을 점검하고 있었다. 동급의 다른 어선들이 야간조업으로 1,200팬 정도의 명태를 잡는다면, 새로운 로프망으론 2,500~3,000팬 정도의 명태를 어획할 수가 있었다. 기존 로프망보다 날개그물의 굵기가 훨씬 가늘지만 장력은 강한, 한결 업그레이드된 그물이었다. 새로운 로프망은 로프 부분의 그물코도 커지고, 몸통 그물 부분조차도 더욱더 개선된 망지를 사용하고 있어, 예망할 때 물속에서 그물 전개력이 획기적으로 좋아지고, 물이 잘 빠져나갔으므로 예망 속도를 빠르게 해주었다.

우리가 쓰고 있는 그물의 성능이 좋다고 소문이 나기 시작하였고 그래서 너도나도 회사에 연락해서 새로운 로프망을 보내달라고 아우성이었다. 야간에 양망을 하면 다른 배의 항해사들로부터 부러움의 찬사를 듣곤 했다. 개선된 어획실적이 선장이나 항해사의 실력보다는 성능 좋은 어구 때문이었는데도 말이다. 하지만 호사다마(好事多魔)라고나 할까, HJ호는 명란 철 막바지 무려 세 번의 그물 사고를 연속으로 당한다.

어획 실적이 저조하면 작은 어군을 발견해도 서로 잡으려고 아우성친다. 그래서 눈보라 속에 좁은 해역에서 기록을 따라다니며 조업하다 보면 1,500~5,000톤급의 거대 어선이 너무 가깝게 접근해버려 거의 울부짖듯 150메가 무전기를 잡고 소리를 지르게 되는데, 그때서야 서로가 급히 조타륜(steering wheel)을 조작하는 일도 많았다.

지금도 브리지 선회창을 통해 바라보던, 눈보라 몰아치는 선수루가 생각이 난다. 눈보라는 검은 하늘에서 날아드는 날벌레처럼 브리지 유리창에 부딪히며 녹아버리고 현창 구석진 곳에는 언제 생긴 것인지 알 수 없는 소금 분말 같은 게 먼지와 함께 쌓여 있다. 그것은 '갇힘'을 상징했다. 타들어가는 것 같은 바다 냄새, 잉잉거리며 탁탁 튀는 선회창의 회전소리와 뒤섞여 미약한 뱃멀미를 전해오던 비릿한 울렁거림. 바람과 파도와 담배연기와 150메가 무전기의 16번 채널(공용채널)에서 들려오던 이방인의 단발마적인 목소리. 보이지 않는 전방을 견시(見視)하기 위해 얼굴을 바짝 갖다 대면 온몸에 찬 기운을 전이시키던 차가운 유리창과 그것과 맞닿아 있는 온통 차갑고도 알 수 없는 세계. 나는 가끔 그 차가움에 코를 부비며 선수 갑판 위에서 끼욱거리며 날고 있는 갈매기를 쳐다보았다. 그들 중 몇 마리는 거센 바람을 이용하여 좁은 철제 난간에 착륙을 시도하였다. 마치 자신이 무척이나 가벼운 존재라는 것을 저에게 과시라도 하듯이 말이다. 그들은 때론 양현의 난간에 앉아 우두커니 검은 바다를 오랫동안 쳐다보기도 했다. 그것은 내가 그렇게도 꿈꾸던 자유와 탈주를 상징하는 모습이었다.

당시 HJ호의 별명이 '갈매기'였다! 한국 어선들은 등록된 선명 말고도 모두 별명이 있었는데, 그럴싸한 것도 있었지만 그렇지 않은 것도 있었다. 우리는 우리말인데다가 늘 들어왔던 것이라 무심히 넘겼지만 처음 접하는 외국인들은 고개를 갸우뚱했던 별명이 많았다. 가령 호박, 연산홍, 장미, 연꽃, 백합, 청포도, 꽃사슴 같은 연약한 식물성의 별명들 말이다.

HJ호의 신병기(?)인 로프망은 폴란드 어선들에 의해 절단되고 말았다. 사고 시간은 13시경, 당직 교대를 위해 브리지로 올라가 보니 선장은 마치 만루 홈런을 맞은 투수처럼 풀이 죽어 있었다. 북양어장에서 항해사 당직은 수석 1항사가 저녁 6시부터 다음 날 새벽 6시까지 그리고 선장은 수석 1항사 다음 직급의 항해사와 함께 새벽 6시부터 저녁 6시까지 책임당직을 서고, 보조 당직자로서 하급 항해사들이 적당히 시간을 나눈다. 폴란드 어선들의 '방질'을 한마디로 표현하자면 '전체주의식' 어로행위라고 해야 할 것이다. 집단 체조를 하듯 여러 척의 배가 도열해서 마치 밭을 갈아 엎는 것처럼 예망하였다. 기록이나 다른 배의 예망코스들을 완전히 무시하고 비생산적인 예망을 하고 있었던 것인데, 영어를 한마디도 못하는 항해사가 많아 교신도 잘 안 되는 경우가 허다했다. 선장은 매우 우울하고 허탈한 목소리로 그물이 부서졌음을 나에게 알리고 브리지를 내려갔다. 운명적인 첫 번째 그물 사고의 경위를 나는 잘 알지 못한다. 내 당직 시간이 아니었을뿐더러 하급자 당직 시간에 일어난 사고는 상급자에게 아주 자세하게 보고되어야 하고 또 지적을 받을 만한 게 있다면 지적을 받아야 하지만, 상급자 당직 시간에 일어난 사고의 경위를 하급자가 상급자에게 꼬치꼬치 물어볼 수는 없는 일이었다. 당시 선장과 함께 당직을 섰던 2, 3항사에게 물어보니 우리가 폴란드 어선에게 완전히 당했단다. 사실 한국 어선끼리는 남의 그물이 부서질 정도의 상황이 되면 서로 교신을 통하여 최대한 피하려고 노력한다. 심지어 그 자리에서 양망을 하는 일이 있더라도 남의 그물을 완전히 절단 내는 일은 벌이지 않는다. 하지만 외국어선, 특히 폴란드 어선들의 일방적인 예망방식은 악명이 높았다. 서로의 그물끼리 부딪히거나 엉키면 모두가 피해를 입게 되지만 그물과 전개판이 부딪히면 그물 쪽이 피해를 볼 가능성이 매우 높다.

그날 저녁, HJ호는 다른 그물을 준비했다. 보통 트롤선은 3세트 정도의 그물을 싣고 다닌다. 그날 밤도 좁은 해역에서 집중적으로 어군의 기록이 출몰해서 완전히 전쟁터를 방불케 했다. 나는 '야간전투 사령관'으로서 어느 때보다 강한 전의를 불태우며 전선으로 출격하였다. HJ호는 이리저리 튕기면서 그래도 기록을 놓치지 않고 나름대로 양호한 예망을 하고 있었다. '성능 좋았던 그물'이 폴란드 놈들에게 걸려 잘려 먹혔다는 소식이 다른 1항사들에게도 전해졌는지 모두들 보이스 통신으로 위로의 말을 전해왔다.

두 번째 그물 사고는 일본 어선과 깊은 관계가 있었다. 짙은 새벽, 이제 길게 한 번 예망을 하여 복잡한 어선무리들을 빠져나와서 양망을 하려고 하였다. 그런데 제법 멀리서 일본 어선이 한 척 따라오고 있었다. 복잡하다 싶은 곳은 어느 정도 벗어났기에 그렇게 신경을 쓰지 않았다. 그래도 어군기록이 조금씩 나오고 있어서 예망을 계속하였다. 당시 우리 뒤를 따라오는 일본 어선(349톤급)은 힘이 매우 좋았다. 내가 예전에 오만어장에서 탔던 트롤선과 같은 349톤급인데 마력만 더 업그레이드 된 것이다. 배의 크기, 즉 톤수에 비해 엄청나다고 할 수 있는 3,000마력의 힘을 가지고 있었으며 예망 속도가 아주 빨랐다. 우린 그런 일본 어선을 '독고다이(일본말로 특공대 혹은 돌격대라는 의미)'라고 불렀다. 본래는 북해도 연근해에서 조업하던 배들인데 명란 철에만 공해어장으로 올라왔다. 한마디로 '방질'이 거친 어선들이었다. 심지어 어떤 때는 다들 피항할 만한 기상조건임에도 혼자서 조업하기도 했고, 폴란드 배처럼 보이스 통신으로 불러도 응답도 잘 하지 않았다.

우리는 270도 코스로 예망하고 있었는데 그 배의 헤딩(선수 방향)은 260도 정도가 되었을까? 좌현의 선미 부분에서 따라오고 있었다. 시간이 갈수록 자꾸 가까워지기에 먼저 150메가 채널 16번으로 불렀다. 선명도 잘 알 수가 없어 우리의 위도와 경도를 말한 후 코스를 말하고 못하는 일본말로 그 배를 불렀다. 그들은 대부분 영어를 몰라 영어로 부르면 통신에 나오지 않는 경우가 허다했기 때문이다. 한참 후 교신에 응해왔다. 일본어와 영어를 섞어 당신 배와 우리 배가 걸릴 것 같다고 말한 후 당신이 우리보다 예망 속도가 훨씬 빠르고 기록도 별로 없으니 서로가 조금 양보해서 코스를 좀 맞춰가자고 했더니 좋다고 했다. 그러고는 쌍안경으로 살펴보니 그 배가 코스를 조금 오른쪽으로 변경하고 있었다. 우리도 약간 왼쪽으로 변침하였다. 가깝다는 느낌이 약간 들었으나 괜찮겠지 생각하였다. 교신을 해서 상대에게 위험을 알렸고, 그쪽에서도 긍정적인 답변을 했으므로 예망 속도가 빠른 그 배가 어떻게 하겠거니 생각했던 것이다.

나도 설마 그물 사고가 나겠느냐 하며 방심했던 것 같다. 우리와 그 일본 어선이 서로 조금씩 변침해서 코스는 비슷해졌지만 거리가 조금 가깝다는 생각이 들기 시작했다. 다시 교신을 하였으나 그는 괜찮다는 말만 했다. 이윽고 일본 어선이 나란히 붙으면서 우리의 '네트레코더(net recorder)'가 먹통이 되어버렸다. 간혹 트롤어선들이 근접하면 네트레코더가 먹통이 되거나 '오류'가 생길 수 있다. 네트레코더란 그물의 천장망 입구에 부착하는 것으로, 천장망 아래의 정보(전파 탐지 기록)를 어선의 선저(船底)에 있는 수신부로 보내주는 계기다. 그런데 다른 어선이 근접하면 전파의 간섭이 일어날 수도 있고 상대의 네트레코더 정보를 우리 선저에서 수신할 수도 있다. 그래서 어떤 때는 상대 그물의 망고 상태와 어군기록의 입망 상태가 우리의 배에서 보이기도 했다. 일종의 전파교란에 의한 오류이다.

아무튼 네트레코더는 먹통이 되어버렸다. 누구의 그물 상태도 보이지 않고 기록지가 새까맣게 나오는 것이었다. 조금 불안하기는 했지만 일본 어선이 빨리 지나가기만을 기다렸다. 3항사가 조타대 옆에서 '쪽바리 새끼' 어쩌고 하면서 욕을 해댔다. 습관적으로 항해사들은 다른 배가 접근하면 쌍안경을 든다. 천문학자가 우주의 별을 관찰하듯 이방인의 세계를 들여다보는 것이다. 같은 어선이지만 호기심이 발동하여 여러 곳을 살핀다. 그러다 얼굴이라도 마주치면 손을 흔든다. 이윽고 일본 어선이 우리를 지나갔다. 네트레코더의 기록이 정상적으로 나오기만을 기다리는 나는 너무 초조해서 담배 연기를 연속으로 깊이 빨아들이고 있었다.

　그런데 이게 웬일인가, 일본 어선이 지나갔음에도 불구하고 기록지에 망고(網高)가 나오지 않았다. 정상적인 예망 때의 망고는 50미터였고, 망고 부분이 습식기록지에 황갈색으로 찍혀야 하는데 그 부분이 나오지 않았던 것이다. 순간 뭔가 잘못됐다는 생각이 들었다. 아직도 저 일본 놈의 간섭을 받고 있는 것인가, 조금 더 기다려보자. 계속해서 담배를 피우면서 약 10분 정도를 더 기다렸다. 하지만 끝내 망고계의 기록은 정상으로 돌아오지 않았다.

　일단은 그물 사고라기보다는 천장망에 부착된 네트존데의 이상이라고 생각하였다. 일본 어선의 그물이나 전개판이 만든 물 흐름의 영향으로 우리의 네트존데가 뒤집어졌나 하는 생각도 해보았다. 만약 그물 사고라면 톱 롤러에 어떤 이상 징후가 있었을 것이다. 어차피 네트레코더가 정상으로 나오지 않으니까 더 이상 조업도 불가능하고, 양망 시간도 가까워졌으므로 양망을 시작했다. 평소보다는 조금 이른 시각이었다. 양망 스탠바이 부저가 울리고 갑판부원들이 하나둘 갑판으로 나오기 시작했다. 윈치맨은 윈치를 힘차게 감고 있었다. 나는 그물이 파손되었으리란 생각은 꿈에도 하지 않고, 단지 네트레코더가 정상이 아닌 것 같으니 마이크로 갑판을 걸어가는 갑판장에게, 그물 올라올 때 네트존데를 잘 살펴보라고 지시하였다. 전개판이 올라오고, 후릿줄(펜단트 와이어)들이 감기고, 날개 그물이 갑판으로 올라오기 시작했다. 날개 그물이 끝나는 곳에 천장망이 있고 그 천장망의 중앙 힘줄에 네트존데가 붙어 있으므로 갑판장의 몸짓 하나하나를 긴장된 마음으로 살피고 있었다. 하지만 결과는 네트존데의 이상이 아니라 그물 파손이었다. 날개 부분이 많이 찢어진 것은 아니지만 '로프' 부분이라 당장은 수리가 불가하니 그물을 바꾸어야겠다는 신호를 갑판장이 보내왔다. '저 개새끼!' 내 입에서 욕이 터져 나왔다.

두 번째 그물 사고 이후 나는 겁쟁이가 되어버렸다. 그 이후론 어선들이 복잡하게 모여 있는 곳에는 가기가 싫어졌다. 싫어졌다기보다는 두려웠다. 정신적 트라우마라도 입은 것인가. 예전에 오만어장에서는 이보다 더 심한 많은 그물 사고도 많이 경험했는데 말이다. 그것은 어쩌면 춥고 거대한 공간이 압박하는 두려움이었는지도 모른다. 오만어장과는 달리 이곳은 넓고, 춥고, 거대한 기계들이 유령처럼 등장하는 무대이니까. 사실 이 사고는 나에게 북양어장을 떠나야겠다는 생각을 하게 만든 단초가 되었다. HJ호는 연 이틀 그물 사고를 당한 것이다.

두 번째 그물 사고가 난 날로부터 보름 후, 세 번째 그물 사고가 났다. 당시 HJ호 선장은 초임이라 그래도 아침 교대시간에 브리지로 제시간에 올라오는 편이었다. HJ호 H선장은 권위의식이 전혀 없었던 것은 아니지만 그래도 함께 항해사 생활을 한 터라 그 벽은 좀 낮게 느껴졌다. 그는 늦어도 08시경에는 올라오고 보통은 07시면 브리지로 올라왔다. 그런데 세 번째 그물 사고가 나던 날은 웬일인지 06시경에 올라왔다. 그 날 밤, 같은 회사 소속의 쌍둥이 배 HK호와 함께 조업을 하면 서, 기록을 따라다니느라 서로 근접하는 경우가 생기곤 하였 다. 선장은 며칠 전의 그물 사고로 인하여 신경이 많이 날카로 워져 있었거나 아침 일찍 근접해 있던 다른 배의 엔진소리가 시끄러워 잠이 깼는데, 현창을 통해 바라보니 너무 가까이 있 는 것 같아 이런저런 걱정스런 마음으로 브리지에 올라왔을 것이다. 나는 배가 너무 가까운 것 때문에 HK호 1항사와 보이 스로 교신을 하고 있었다. 각도로 볼 때 HK호가 우리 측 선미 로 그물을 타고 넘는 형국이 되었다. 1년 후배인 HK호 수석 1 항사에게 말했다.

"야 느그 좀 감아라. 그물 걸리겠다."

"형님 엔진 좀 더 써보이소."

나는 피치 각도를 1.0도 더 올렸다. HJ호의 선체가 부르르 떨면서 쿵쾅거리기 시작했다. 과도하게 엔진을 쓰면 배기온도 가 올라가고 실린더 헤드 따위에 무리가 갈 수 있어서 가끔 기 관실에서 전화가 오기도 한다.

"일단 감으라니까."

"감고 있습니다."

선장이 내 옆에서 네트레코더를 보면서 HK호를 향해 한마 디했다.

"저 새끼 미친 놈 아이가?"

"새끼, 돌려치기 빨리 할라고 하다가……"

선장이 내게 지시했다.

"오타보드까지 감아서 좀 달려서 쭉 빠지라고 해라."

1항사 당직 시간이었으므로 관례상 선장이 보이스(통신)에 나가기가 뭐했던 것이다.

"야. 오타보드 올라왔나?"

"형님 와프 50미터까지 감았습니다."

"오타보드 완전히 올리야 될 낀데."

선장은 좀 더 흥분한 것 같았다.

"저 새끼 미친 새끼 아이가?"

몇 분이 더 지났는지는 모르겠다. HK호가 본선의 선미를 통과하고 있었다. 얼마나 지났을까, 선장의 입에선 드디어 욕이 터져 나왔다.

"저 새끼 방질 참 좆같이 하고 있네."

나는 다시 보이스로 부탁했다.

"조금만 더 빠지도……"

그런데 이게 무슨 일이었을까, HK호가 말했다.

"형님, 우리 슬라기하고 있습니다."

그 지점에서 자신의 전개판을 물속으로 내리고 있다는 말인데, 선장과 나는 저러다 큰일 나겠다는 생각이 들었다. 아직은 두 배의 거리가 너무 가까웠다. 3항사가 HK호의 거리를 레이

더로 측정해서 계속 불러주고 있었다.

"저 새끼 저기서 내리면 안 되는데."

나는 보이스 수화기를 잡고 소리쳤다.

"어이 야 이 사람아, 잡아라! 와프 얼마 나갔어!"

HK호는 점점 선미에서 우현으로 멀어지고 있었다. 나는 급해서 왼쪽으로 배를 더 틀었다. 가능하면 HK호로부터 더 빨리 멀어지고 싶었기 때문이다. 선장이 초조한 심정으로 말했다.

"괜찮을까."

당연히 네트레코더는 먹통이 되어버렸다.

"느그 네트레코더 잘 나오나?"

"안 나옵니더."

HK호와 본선은 선미를 중심으로 부챗살 방향으로 멀어지고 있었다. 가깝다는 생각은 하였으나 역시 그물 사고까지는 생각하지 않았다. 나는 선미의 갤로우스에 매달려 있는 톱 롤러만을 뚫어져라 쳐다보고 있었다. 그물이 걸린다면 톱 롤러가 출렁거릴 것이기 때문이다. 그때였다. 두 척의 배 앞으로 멀리서 역시 같은 회사 소속의 SA호(5,500톤급)가 오고 있었다. SA호 부선장이 보이스로 HK호를 불렀다. 그는 HK호 수석 1항사와 친했다.

"우린 어디로 가야 하노?"

HK호 수석 1항사가 자신에 찬 목소리로 대답했다.

"선장님, 우리하고 갈매기(HJ호 별명) 사이로 오이소."

우리와 HK호의 간격은 점점 멀어지고 얼마 후 SA호가 우리 사이로 서서히 들어오고 있었다. 마치 어쩔 수 없는 운명의 블랙홀에 빠져드는 것처럼. 어떻게 그런 일이 일어날 수 있었을까.

당시 HK호와 우리 배 그물이 이미 걸려 있었는지 아니면 SA호가 좁은 두 배 사이를 지나가면서 두 배의 그물을 모두 걸어버렸는지는 아직도 모르겠다. 하지만 HK호와 우리 그물이 먼저 걸리고 걸린 두 그물의 사이로 SA호의 그물이 들어온 것으로 판결이 내려졌다. 세 척의 그물이 함께 걸려버린 것이다. 그것도 같은 회사의 배들이 말이다. 우리 배와 HK호는 메인 와이어를 풀어서 SA호에서 꼬인 그물을 풀기 좋도록 해주었다. 그물은 포기하고 전개판이라도 건지면 다행이다 싶을 정도의 사고였다. 5시간 정도의 오랜 작업 끝에 얽힌 그물들을 풀어내었다. 우리는 그물을 모두 탕진한 상태라 HK호로부터 구형 로프망 한 세트를 얻어 남은 조업을 할 수밖에 없었다. 같은 회사니까 가능한 일이었다.

당시엔 누구의 잘못인지 밝혀내려고도 했지만 지금 생각해보면 그냥 믿기 어려운 불운의 접점(接點)에서 나를 포함한 모두가 우연히 마주친 것은 아닐까 하는 생각이 든다. 누구의 잘못을 따지기에 앞서 엄청나고도 불운한 하나의 사건이었던 것이다. 지금도 우리 주변에서 끊임없이 되살아나는 사건들처럼 말이다. 우린 살면서 이런 일을 많이 겪는다. 나는 운명 같은 세 번의 그물 사고를 통해 좀 더 성숙해졌을까 아니면 더 나약해졌을까?

북양어장의 중층트롤 그물 사고는 저층트롤과는 달리 그물과 바다생태계 간에 충돌로 일어나는 경우는 드물다. 저층트롤 그물사고와는 달리 북양의 깊은 수심만큼이나 깊은 곳에서 부지불식간에 일어나는 것 같다. 앞에서도 설명했지만 저층트롤 그물사고는 사고의 감촉이 바로 느껴지고 그에 관한 대처도 바로바로 이어지며 회복도 빠른 데 반하여, 중층트롤 그물 사고는 언제, 어떻게, 무엇에 의해서 일어났는지도 모호할 만큼 결과를 알게 되어 그저 귀신에 홀린 것 같은 시간이 지나가 버렸다는 느낌이 들 뿐이었다. 하지만 충격은 더 심하게 각인되는 것 같았다. 당사자들의 무의식에 깊숙하게 내장된다고나 할까. 그게 광활하고 차가운 바다와 함께 심한 고독감으로 밀려드는 것 같았다. 마치 권투에서 '카운터펀치'를 맞아 패배한 복서처럼, 다시 일어섰지만 경기는 이미 끝나 버린 경우처럼 말이다. 그렇게 1989년 공해에서의 조업도 막바지에 이르고 있었다.

혁신과 혼란을 가져다준
소나

북양어장의 트롤선들이 소나(sonar)를 장착하게 되면서 예망코스는 많이 혼란스러워졌다. 어군 탐지기(fish finder)가 배의 밑바닥, 즉 수직 방향을 탐지하는 것이었다면, 소나는 수직 방향과 함께 수평 방향까지 탐지하는 것으로, 어군 탐지능력이 대폭 확대된 것이다. 따라서 예망 중이라도 어느 방향에 기록이 있는지 알 수 있게 되고 이는 그쪽으로 배의 방향을 돌리고 싶은 욕망을 불러일으켰다. 1980년대 말까지만 하더라도 북양에서 조업하는 한국어선들 모두가 소나를 장착한 것은 아니어서, 조업 중 사소한 분쟁(?)이 생기기도 했다.

소나가 없는 어선은 대개 직선에 가까운 예망코스를 추구한다. 하지만 소나가 있는 어선은 직선으로 예망하다가도 좌우로 소나가 튀기 시작하면(기록이 소나의 화면에서 붉게 나타나면서 개구리 울음 소리를 낸다.) 급격하게 코스를 바꾸고 싶어 한다. 가령 두 배가 나란히 평행으로 예망을 하다가도 소나를 장착한 왼쪽 배는 오른쪽에서 기록이 튀면 오른쪽으로 배를 틀고 싶어 한다. 하지만 오른쪽에 소나를 장착하지 않은 배가 있다면 그 배가 오른쪽으로 틀어주어야 함께 갈 수 있다. 하지만 소나를 장착하지 않은 배는 급격한 코스 변경을 달갑게 생각하지 않았다. 사실 급격하게 코스를 변경하면 물속에 있는 그물 전개가 불안정해져 기록의 입망을 별로 기대할 수가 없다. 소나를 장착하지 않은 배는 다른 배 때문에 자신의 예망코스가 이리저리 휘둘리는 것을 불쾌하게 생각하였다. 그리고 소나를 장착한 배는 소나에 기록이 없는데 거짓말을 할 수도 있었다. 사실 이러한 것들은 '방질'의 문제라기보다는 당시 어로 행위를 하는 사람들의 심리적인 문제였다. 아주 절친한 어선끼리 나란히 붙어 예망을 하면 쉽게 코스 변경에 대한 합의가 이루어지고, 상대방이 갖고 있는 소나의 기록을 믿고 같이 움직여 조업에 도움이 될 수도 있을 것이다. 하지만 사이가 좋지 않은 사람들끼리라면 소나를 가진 어선이 소나의 기록을 무기로 거짓말을 할 수도 있고, 소나를 가지지 않은 어선에서는 그런 거짓을 미리 예단하고 코스 변경을 거부하거나, 왼쪽에 기록이 있는데도 소나를 가지고 있는 어선이 악의적인 거짓말로 오른쪽에서 기록이 뜬다고 하여 상대방을 오른쪽으로 튕겨버려 '백판'을 만나게 할 수도 있다고 생각하는 것이다.

얼마 후 대부분의 한국 어선들이 소나를 장착하기 시작했다. 소나를 장착하게 되면서 방질에 혁명적인 변화가 생겨났다. 그중 하나가 오랫동안 직선으로 길게 그물을 끌고 다니던 방질이 줄어들고, 기록이 있는 곳만 집중적으로 예망하려는 시도가 많아진 것이다. 이것이 투망과 양망을 자주 한다는 뜻은 아니다. 대서양이나 인도양 저층트롤선은 하루에 20방 정도를 하는데 그만큼 양망과 투망을 많이 하게 된다. 그들이 양망을 시작해서 그물을 갑판으로 올려 피시본드에 고기를 붓고 다시 투망하는 데 걸리는 시간은 약 15분 정도밖에 되지 않았다. 아주 빠른 편이라고 할 수 있다. 대서양, 인도양에서는 대개의 경우 1시간 정도가 적당한 예망시간이라고 생각하는데, 1시간 이상 그물을 끌고 다닐 코스도 별로 없지만 1시간 이상씩 그물을 끌고 다니면 코드엔드에 잡힌 고기가 짓무르기도 쉽고 대서양, 인도양은 수온이 높아 어획물이 상할 수도 있었던 것이다. 실제로 오만어장에서 도미를 잡을 때, 더 많이 잡아보겠다는 욕심에 1시간 40분가량 예망한 뒤 양망을 하였더니 코드엔드에 담긴 고기의 비늘이 벗겨지고 살이 터져 있었다.

코스가 짧아졌다는 말은 소나의 영향으로 기록이 있는 구간만 집중 예망한다는 말인데 그렇게 하려면 일명 '돌려치기'라는 것을 해야 한다. 돌려치기의 몇 가지 방법은 아래와 같다.

1. 전개판까지 완전히 올린 후 배를 완전히 돌려버리는 방법
2. 타륜을 15도 정도 써서 천천히 변침하는 방법(전체 어구가 물속에 있는 상태로 배를 돌리는 경우인데 시간이 많이 걸리고 회전범위가 아주 넓어진다.)

3. 전개판을 완전히 올리지 않고, 메인 와이어를 50~100미터
   정도 남겨둔 채 돌리는 방법(이때 전개판 그물은 물속에 있어
   꼬일 염려가 있다.)

하지만 1~3번 모두 배를 완전히 돌리고, 올렸던 전개판을
내리고, 그물이 정상적으로 전개되는 시간까지를 생각한다면
비슷한 시간이 걸린다. 이 중 하나를 선택하는 것은 당직자의
취향이거나 아니면 당시의 주변 상황이다. 좁아서 그물을 차
고 돌리기가 어려우면 전개판을 완전히 감아 선미(船尾)에 차
고 돌아야 하는 것이다. 단 전개판을 내릴 때는 다른 어선들의
선미를 조심하여야 한다. 다른 어선의 선미 부근에서 급하게
전개판을 내리면 상대방의 그물을 다치게 할 수도 있다. 예망
중에 두 어선이 십자 모양으로 걸려 급박한 상황이 되면 한쪽
에서 그물을 감는 것도 좋은 방법이다. 그물을 감으면 선속은
거의 제로에 가까워지므로 그물이 그 자리에 멈추게 되고 그
때 다른 선박이 위험 범위를 빠져나갈 수 있다. 아무데서나 그
물을 던져 손쉽게 고기를 잡을 수 있다면 그런 문제가 아예 생
기지도 않겠지만, 좁은 해역에서 어로작업을 하다 보면 '신경
전'을 많이 벌이게 되는데, 한정된 양이 한정된 장소에 있는 것
이기에 늘 경쟁의 대상이 된다.

관행의 악순환
당직

       북양어장에서 조업하던 한국 트롤어선들의 브리지 당직 시간에 대해 잠시 살펴보면, 부산에서 북양어장까지 대략 10~12일 정도 항해를 하게 되는데 이때는 항해당직을 서게 된다. 항해당직이란 항해사 중에서 상급자 순으로 3명을 책임 당직자로 해서 4시간 당직을 서고 8시간 쉬는 것을 말한다. 1항사는 04~08시 그리고 16~20시, 2항사는 00~04시 그리고 12~16시, 3항사는 08~12시 그리고 20~24시이고, 선장은 정해진 당직 시간이 없다. 다만 협수로 통과, 무중(안개) 항해, 주위에 선박이 많거나 장애물이 있을 때, 기상이 아주 좋지 않을 때 그리고 항해사가 도움을 요청할 때는 언제든지 브리지로 올라온다.

  어장에 도착해서 조업을 시작하면 당직 시간은 달라지는데, 어선마다 사정에 따라 다르겠지만 대개의 경우 선장과 수석 1항사(최고 상급 항해사)가 12시간씩 나누어 책임 당직을 선다. 선장은 06~18시, 1항사는 18~06시인데 보조 당직자로는 수석 1항사보다 한 단계 하급자가 선장과 조를 이루는 게 보통이다.

대부분 어선에서는 선장의 명령에 따라 당직 시간이 정해진다. 보통 수석 1항사는 18시에 교대를 한다. 하급자는 상급자와 교대시간을 정시에 맞추어야 하지만 선장은 대체로 아침에 좀 늦게 올라오는 편이다. 빨리 올라오는 선장이 06시 30분 정도인데 그것은 양호한 편이고 보통은 07시에 올라왔다. 심한 경우는 09시경에 올라오는 선장도 있다. 그러니까 수석 1항사는 당직을 14시간 정도 서는 셈이다. 그런데 14시간 동안 정신을 집중해서 당직을 선다는 것은 쉽지 않은 일이다. 선장이 브리지에서 내려갔을 때나 21시 이후 어군탐지가 한창일 때는 수석 1항사도 쉬는 경우가 많았다. 다만 야간 조업을 할 때는 마음 놓고 쉬는 게 쉽지 않다. 늘 네트레코더와 어군탐지기 그리고 소나 앞에서 기록을 쳐다보고 그물의 높낮이를 조절하거나, 소나가 기록을 찾아내면 예망 방향을 바꾸어주어야 하기 때문이다.

어장에서 어군탐지를 위해 항해할 때나 저기압으로 피항할 때는 수석 1항사가 브리지에서 혹은 침실로 내려가서 쉬기도 한다. 쉬는 형태도 다양한데 브리지에서 혹은 자기 침실에서 잠깐 잠자기, 선원식당에 가서 잠깐 놀다 오기 등이 그것이다. 육상과 마찬가지로 배를 운전하면서 술 마시기는 불법인데, 그야말로 관례상 맥주 한 캔 정도를 마시는 경우는 제법 있었던 것 같다. 술을 좋아해서 마시는 사람도 있었던 것 같고, 심심해서 마시는 사람도 있었던 것 같다. 그게 사고로 이어질 수는 있지만 술 마시기가 아니라도 사고는 늘 만연해 있었다. 그렇다고 해서 술 마시기를 이해해 달라는 것은 아니다. 단지 배 운전이라는 게 자동차 운전처럼 초단위로 조작되는 것은 아니라서 상대적인 차이는 있다는 말이다.

야간 당직을 설 때 선임 항해사가 휴식을 취하는 것은 잠시뿐이다. 그리고 그것도 아주 불규칙한 것이었다. 엄밀하게 말하면 당직 시간에 브리지를 떠나거나 휴식을 취하는 것은 잘못이다. 하지만 나 자신은 물론이고 인도양, 북양어장에서 야간 당직을 서는 항해사들 가운데 틈틈이 쉬지 않는 항해사를 본 적은 없는 것 같다. 그것은 어쩌면 잘못된 제도로부터 나온 게 아닐까. 대체로 항해사들의 당직 시간은 너무 긴 편에 속한다. 보통 12시간은 기본이고 3~5시간의 시간 외 근무를 하는 것 역시 당연하게 여겨졌다. 그러고도 당직 시간에 완벽한 근무 자세를 요구한다면 그게 오히려 현실성이 없는 게 아닐까.

오만어장에서의 일이다. 무스카트 항에서 2박 3일 동안 한숨도 자지 못했는데 하역을 마치고 바로 출항한 적이 있었다. 2항사 때였는데 하필이면 내가 당직 시간에 걸렸다. 외항에서 도선사가 돌아가고 선장이 브리지를 내려가면서 말했다. "2항사, 좀 피곤하더라도 항해할 때 절대로 자지 마라!" 하지만 나와 3항사는 너무 피곤하여 교대로 1시간씩 의자에 앉아 잠을 자기로 하였다. 항해를 해야 하는 항해사가 잠을 못 자서 당직을 못 설 정도로 걱정되었다면, 출항을 늦추든지, 외항에 앵커를 놓고 몇 시간이라도 쉬든지, 그것도 아니면 선장은 잠을 충분히 잤으니까 한두 시간 정도 자기가 항해 당직을 서주든지 하는 것이 옳았을 것이다. 조금만 생각하면 충분히 개선할 수 있는 불합리한 업무구조를 억지로 밀고 나가면서 당직업무는 당직업무대로 빈틈없이 서주기를 바란다면 그것이 오히려 잘못된 게 아닐까?

우리에겐 하급자일 땐 열심히 하다가 상급자가 되면 갑자기 긴장이 너무 풀어져버리는 문화가 있는 것 같다. 그래서 높은 자리로 올라갈수록 못된 관행만 남는다. 그러고는 더 이상 변화를 바라지 않는 보수주의자가 된다. 그것도 하급자에게 권력을 남용하면서 말이다. 하급자는 상급자의 잘못된 모습을 보고 배운다. 그것은 어쩌면 '이원론(二元論)'의 세계인 것 같다. 좋은 것과 나쁜 것, 편한 것과 힘든 것을 확연히 구분해서 살아가는 것 말이다. 하급자는 억울함을 느끼면서도 한마디 말도 하지 못하고 그것을 묵묵히 받아들이게 된다. 이 과정만 통과하면 자신도 상급자가 될 거라고 생각하니까. 그리고 상급자가 되었을 때 자신이 싫어했던 것을 하급자에게 그대로 시킨다. 잘못된 관행의 악순환이다.

마린보이를 꿈꾸는
특례 보충역

병역의 방법 중 '특례 보충역'이라는 제도가 있
다. 일정기간 방위산업체에 근무하거나, 수산회사 등에 취업하
여 승선하거나 하는 걸로 병역 의무를 인정해주는 것이었다.
대학 3학년 때 신체검사를 받고 현역입영 판정을 받으면 일단
학업 중이라는 이유로 입영을 연기하다가, 졸업하고 승선하게
되면서 특례 보충으로 편입하였다. 원래는 5년 정도를 승선해
야 하는데 5년 동안 계속 승선한다는 것은 무리이므로 보통 4
년 정도만 승선하면 되었다. 이 제도는 군 입대 대신 취업도
하고 그동안 돈도 벌 수 있다는 점에서는 유리했다. 하지만 낮
은 임금과 일정 기간을 불만 없이 근무해야 한다는 단점이 있
었다.

어떻게 보면 국가와 산업체의 또 다른 이해관계를 만족시
키기 위해 변형된 복무 제도라고나 할까. 실제로 '특례 보충
역'에 편입될 수 있는 것 때문에 어업학과를 지원하는 학생들
이 많았다. 나에게도 이런 제도가 어려웠던 가정경제에 많은

도움이 되었다. 군에 입대하였다면 집안 형편은 매우 어려워졌을 것이다.

이런 제도가 '양심적 군 입대 거부자'들에게 적용되면 어떨까 하는 생각을 해본다. 가령 군에 가서 총을 잡는 대신 '사회적 봉사' 등으로 병역의 의무를 다한 것으로 인정해주는 것도 괜찮지 않을까.

5년 승선기간 중에 자신이 원하는 시간에 3주간 특례 보충역 훈련을 마치면 제대증을 받게 되는데 그게 '선박병과(船舶兵科) 이병 제대'다. 3주 훈련을 마치는 날, 조교였던 현역이나 보충역 장병들은 무척 부러워하면서도 억울해했었다. 그곳에서 왜 사람들이 자랑스러운(?) 국방의 의무인 군 복무를 '군에 끌려간다'라고 하는지 어렴풋하게 알게 되었다. 부산 만덕동에 있는 예비군 교육장에서 훈련을 받았는데, 그곳에는 수많은 젊은이들이 국방의 의무를 이행한다는 미명하에 소중한 시간을 허무하게 보내고 있었다. 군대가 대체로 삶의 질적(質的) 시간을 정체시키거나 퇴보시키는 것 같았다. 젊은이들이 아주 단순한 노동에 동원되어 에너지를 소모하고 있었다. 그리곤 사소한 일에 엮여 상급자에게 욕을 듣거나 얻어맞기도 하는 걸 보니 과연 한 사람의 젊고 소중한 삶이 저렇게 취급받아도 되는 것인지 하는 생각이 들었다. 그래서 많은 사람들이 군에서의 시간을 억울하고 더럽다고 생각하는 것 같았다. 실제로 우리와 함께했던 조교들도 늘 군 생활을 불만스럽게 생각하고 있었다.

서른 살이 다 되어 특례훈련을 받아서 그런지 고된 훈련을 시키지는 않았다. 사격이나 유격 같은 것도 흉내만 내고 쉬도록 해주었다. 예비군 훈련 수준보다 조금 강도가 강한 훈련이었다고 보면 될 것이다. 다만 그 교육장에서 근무하는 장병들은 무척 힘들어 보였다. 특히 단기 보충역 병사들은 하급 장교에게 비인간적인 모욕을 많이 당하였다. 예를 들면 비 오는 오후, 강당에서 영화를 보는 것으로 교육이 바뀌어 인근 비디오가게에 가서 비디오를 빌려 오라고 했는데 늦게 왔다고 때리기도 하고, 아침에 훈련 시작하기 전 인원파악이 늦다거나 훈련 중 준비물이 미비하다는 이유 등으로 가해지는 폭력이 거의 일상적인 수준이었다. 당시 조교들은 그 하급 장교를 '개'라고 불렀다. 그 하급 장교는 사관학교 출신이 아니라 일반병 출신이었는데, 그 콤플렉스 때문에 그렇게 습관적으로 조교들을 때리는 것 같았다. 특례 훈련병들에겐 동네 형처럼 잘해주었는데 말이다. 아무리 계급사회라 하지만 좀 심하다는 생각이 들었다. 예비군 교육장에서 특례훈련을 받은 우리와는 달리 창원 교육장에서 훈련을 받은 사람들은 무척 힘들었던 3주라고 했다. 우리는 선박중대를 편성해서 따로 관리를 받았다.

아무튼 나는 오만과 북양 어장에서의 승선 경력으로 '특례보충역' 기간을 채우고 3주간 훈련을 마쳐 '병력 의무'를 다했다. 항해사들은 이 기간이 끝나면 대개 하선을 하는 편인데, 그들은 '승선생활'을 최대한 빨리 마치고 '육상'에서 살아가는 것을 희망하는 경우가 많다. 육상에서 뭘 하면서 살아갈지 계획도 서 있지 않으면서 막연하게 육상 정착에 대한 꿈을 꾼다. 하지만 실제로 육상에서 무언가를 도모하다가 배에서 번 돈을 다 날려버리는 사람이 한둘이 아니었다. 육상에서 직장생활을 하는 사람은 그 확률이 낮지만 자영업을 하는 사람은 실패할 확률이 매우 높다. 바다에 있어 보면 많은 선원들이 육상생활의 실패를 안고 다시 바다로 돌아온다. 그런 의미에서 본다면 '육상생활'이란 참으로 무서운 것이기도 하였다. 아니면 '피도 눈물도 없는' 것이라고 해야 할까. 마치 한 번 잘못 걸리면 다시는 복구할 수 없는 대형 그물 사고처럼 말이다.

오만에서 30개월 계약을 마치고 돌아오니 병무청에서 서류가 잘못되었다며 군에 입대하라고 했다. 알아보니 당시 어장의 입어문제 때문에 늦게 출국한 게 문제였다. 5월까지 출국을 했어야 하는데 며칠 늦어져서 내가 승선한 흔적이 없다는 것이었다. 그래서 부랴부랴 월급 명세서 등을 다시 만들어 제출했다. 만약 그게 없었다면 그때 군 입대를 해야 했을 것이다.

내 주위에서 벌어지는 사건이 어떤 사람과 관계를 맺느냐에 따라 그게 무서운 관계로도 변할 수 있다는 걸 알았다. 그런 관계들이 자꾸 만들어지는 사회는 어쩌면 나쁜 사회라고 해야 할 것이다. 그것은 우리가 지극히 이익관계를 추구하는 시스템 속에서 살고 있기 때문 아닐까. 특례 보충 제도가 개인에게 어떤 이득이 있고 영향을 끼쳤는지는 각자 다를 것이다. 나의 경우 절대적 가난으로부터 집안을 구해낸 것은 사실이다. 하지만 청춘의 대부분을 바다에서 보내버렸다는 아쉬움이 남았다.

선상생활을 하면서 많은 생각을 하였고 그런 생각들이 나를 점점 새로운 세계로 끌고 가는 걸 느꼈다. 절대적 가난이든 육상생활의 실패이든 그 모든 것들이 개인적인 문제가 아니었음을 조금씩 알게 된 것이다. 그저 개인적인 책임을 회피하려고 하는 말이 아니라, 우리는 이미 우리가 거부할 수 없는 거대한 체제 속에서 살고 있다는 생각을 했다. 개인의 삶들이 거대한 체제의 하위구조에 편입된 것처럼 말이다. 그건 영화 〈설국열차〉의 내부 모습과 비슷한 것이었다. 그리고 어렴풋하게 그곳에서 탈출해야겠다는 생각을 하게 되었다.

「마린보이의 꿈」

위도 20도, 아열대의 바다는
끈적거릴 뿐 움직임이 없다.
끝없이 반복되는 투망(投網)질로
바람도 힘없이 가라앉아

새파란 청춘은 비릿한 냄새에 친친 감기고

숨 막혀 견디지 못하는 나는

50미터, 깊은 곳에서 예망(曳網) 중인

그물의 전개(展開) 상태를 확인해야겠다는

말도 안 되는 핑계를 대고

바닷속으로 뛰어 들고 싶었다.

두꺼운 현실의 장막을 찢고

발가숭이로 수압(水壓)을 잊는 곳.

푸르디푸른 빛의 세계로

와이어(wire)를 잡고 따라 내려가서

천장망(天仗網)의 입구를 붙잡고

물살을 멋지게 타보기도 하면서

갑오징어, 도미, 갈치, 민어 등과 만나고 싶었다.

그때 나는 마린보이가 되어

그들의 은빛 비늘, 현란한 춤의 절정을

산소 껌처럼 질겅질겅 씹으리라.

물 바깥의 세상을 도무지 알 수 없는 그런 상황이

오히려 나를 미치게 만들어

나와는 완전히 다른 종족들과

연애를 하고, 새끼를 낳고

생명이 다할 때까지

아니 특례 보충이 끝날 때까지 만이라도

행복한 용궁 속에서 머물고 싶었던 적이 있었다.

그때 그 삶의
작은 비늘들

신발 소리

HK호 1항사는 아침마다 당직 마칠 시간이 되면 내 동기인 2항사로 하여금 안전화를 신은 발로 선장실 위에서 유난히 소리를 내면서 걷게 했다. 선장보고 일찍 올라오라는 신호다. 딸그락 딸그락 혹은 뚜벅 뚜벅 신발 소리가 알람처럼 브리지에 울려 퍼진다. 북태평양에 아침이 온 것이다. 마음씨 착한(?) 선장은 그 소리를 들었는지 모르겠지만 브리지로 일찍 올라와주었다. 작은 것이지만 조금만 자기를 구부리면 '기분 좋음'이 된다.

계산기

HJ호 수석 2항사 때, 당시 1년 후배인 2항사는 '게임'을 참으로 좋아했었다. 상식이나 중학교 수준의 수학문제를 푸는 것 등이 그것이었는데, 게임의 백미는 계산기였다.

전자계산기의 '1+1'을 입력한 다음 '='를 계속 누르면 숫자가 하나씩 증가되는데 그걸 30초 동안 누가 많이 누르는가 하는 시합이었다. 우린 한때 그 게임에 빠져서 틈만 나면 해도실에서 연습을 했다. 그리고 신기록을 세우면 아이처럼 좋아했다. 그것은 당시의 '갤러그'나 지금의 '닌텐도' 게임과 비슷했다.

계산기는 게임용이나 업무용이기도 했지만 가끔은 미래를 설계하는 도구가 되기도 했다. 지금 월급을 얼마 받으니까 몇 년 후면 얼마를 모을 수 있고 그러면 무엇을 사거나 무엇을 할 수 있을까를 계산해본 것인데, 하지만 그렇게 설계한 삶은 배를 스치고 지나가는 파도와 너무 비슷했다. 설계한 후 금방 잊어버리곤 틈만 나면 다시 계산기를 두드리는 것이었다. 거대한 파동(波動)의 옷깃으로 밀려와서 배를 한 번 기우뚱하게 만들곤 아무 일도 없었다는 듯이 지나가 버리는 것 말이다. 계산기로 설계하고 꿈꾸었던 미래는 아무리 해도 갈증이 가시지 않는 청량음료 같았다. 고개를 들어 밖을 쳐다보면 숫자의 부스러기처럼 부서지던 하얀 포말의 바다밖에 보이질 않았으니까. 그래도 계산기는 누를 때마다 톡톡 소리를 내며 '너는 나를 닮았다, 나를 닮았다'고 말하는 것 같았다. 계산기의 숫자판을 통해 전해오는 탈주의 촉감들. 악마에게로 달려가는 영혼들. 그리고 마치 그것을 지우려는 듯 톡톡 비린 냄새를 풍기며 따라오던 바다의 기억들.

기록

북양트롤어선에서는 조업 중 어군을 발견하는 것을 '기록을 밟았다'고 표현한다. 그래서 오늘 어획이 좋았냐고 물을 땐 '오늘 기록 좀 밟았냐?'고 묻기도 한다. 기록을 좀 밟아야 어획도 좋아지는 것이니까. 그래서 기록을 잘 밟기 위해 운동화를 신고 브리지로 올라오는 선장도 간혹 있었다. 그것은 근대 기계문명 속에 삽입된 '미신' 같은 것이었다.

백태

피시본드는 코드엔드에서 부어진 어획물이 모이는 곳이다. 일단 그곳에 어획물이 모아졌다가 처리대로 컨베이어 벨트를 타고 나온다. 하지만 처리대 위에 처리할 어획물이 가득하면 피시본드의 것은 그대로 두어야 했다. 기상이 악화되어 피항이라도 하게 되면 처리가 더디어지고, 피시본드에 있는 어획물(특히 명태)은 그 안에서 몇 시간을 흔들리는 상태로 있어야 했다. 명태는 피부가 매끄러워 그런 상태가 오래되면 표면은 허옇게 되고 대가리 부위까지 피부가 벗겨진다. 그걸 '백태(白太)'라고 하는데 제품의 등급은 떨어지지만 맛살을 만드는 공모선의 경우는 오히려 싱싱한 명태보다 제품화하기에 더 좋다는 이야길 들었다.

일본 용어

어선에선 일본 용어를 많이 쓰는 편이다. 그건 우리의 근대문화가 대부분 일본으로부터 전해졌기 때문일 텐데, 문화의 흐름으로만 보면 어쩌면 당연해 보인다. 사회의 여러 부문에서 일본 용어가 쓰인다. 바다와 같은 역동적인 현장에서 일본 용어를 쓰면 '질라이(어떤 일에 능숙한 사람을 가리키는 강원도 사투리)' 같은 느낌이 들었다. 초사(1항사), 남방(No.1 oiler, '조기장'이라고도 하는데 이것도 일본식 용어다), 보송(boat swan, bosun, 갑판장), 햇또(No.1 sailor, 1갑원)를 비롯해서 그물이나 엔진부품 전반에 걸쳐서 참 많다. 그래서 처음 어선에 승선했을 때는 갑판장의 말을 잘 못 알아듣기도 하고 갑판장이 발주해 달라는 어구나 공구의 이름이 뭔지 몰라서 다시 물어보기도 했다. 그물도 우와당(윗판), 시다당(밑판), 요꼬당(옆판), 소대그물(날개그물), 고또(코드엔드), 수지나(힘줄)부터 시작해서 끝도 없을 정도로 많았다. 그뿐 아니라 영어도 일본식 발음으로 바꾸고 거기에다가 자신이 살았던 지방의 사투리 억양까지 섞이니 정말 알아듣기 힘들었다.

북양어장의 어떤 선장은 어장에서 우리말 쓰기 운동을 벌이기도 하였다. HK호에서도 잠시 그런 운동을 했었는데 일본 용어를 쓰면 벌금으로 담배 한 갑을 내야 했다. 나도 가급적이면 일본 용어를 쓰지 않으려고 하였다. 하지만 일본용어는 받침이 없어서 그런지는 몰라도 급박한 상황을 쉽게 표현할 수 있는 장점이 있는 것 같았다. 그것은 어쩌면 현장의 용어일 수 있을 것이다. 언어는 마치 게임처럼 작동하니까. 가령 갑판장이 갑판원에게 '시다보드에 가서 곰피에 달 다마 갖고 와'라고 할 것을 '스타보드(starboard, 우현)에 가서 컴파운드 와이어(compound wire)에 부착할 플로트(float) 갖고 와'라고 한다면 현장의 신속성은 무척 떨어질 것이다. 그것은 어떤 용어가 현장의 구성원들 속에서 어떻게 작동하고 있느냐와 관련된 것들이니까. 학습한 것을 아무런 여과과정 없이 그대로 사용한다는 비판이 있을 순 있겠지만 언어(혹은 용어)는 현장에서 생명을 얻지 못하면 안 된다. 그런 의미에서 언어 혹은 용어는 현장의 명령어라고 할 수 있을 것이다. 누군가가 배를 처음 승선했을 때 기존 선원들이 갑판을 가리키면서 '데끼(deck, 갑판)'라고 했다면 그건 '데끼'를 소통하기 위한 수평적 설명이 아니라 앞으론 이걸 '데끼'라고 불러야 한다는 수직적 명령이라고 해야 할 것이다. 그리고 '데끼'는 현장에서 벌어지는 여러 문장 속으로 들어가면서 새로운 명령의 의미를 만들어내는 것이다.

일본 용어에 대해서 너무 애국주의(혹은 국가주의)적 시각을 들이대는 것도 문제가 있다고 생각한다. 언어란 현장에서 태어나서 자라다가 변형되고 심지어 소멸되는 것이니까. 그렇다고 아무런 비판의식 없이 '일본식 용어'를 쫓아가자는 것은 아니다. 현장 용어로서 일본 용어를 쓰는 것은 사실 일본 용어 그 자체라기보다는 현장에서 끝임 없이 쏟아지는 '정보'를 전달하는 것이라고 해야 할 것이다. 하지만 일본이 아니라 어떤 나라의 언어일지라도 그것을 무작정 따라가려는 것은 주체성을 잃어버리는 짓이다. 현장 속에서 구체적 현장성에 충실한 것과 주체성을 잃어버리는 것은 다른 것이니까.

옵서버

미국인 옵서버들은 대체로 자기 임무에 충실한 편이었다. 합작 사업을 할 때는 자선의 양망 시간이 새벽 혹은 깊은 밤처럼 일정하지 않을 때가 많았다. 하여 어획물이 올라오면 옵서버가 샘플을 해야 하는데 양망이 아무리 많고 불규칙해도 항해사에게 꼭 자신을 깨워 달라고 하였다. 그리곤 처리실로 내려가서 졸리는 걸 참고 견디며 샘플을 하였다. 샘플을 한다는 것은 어획물을 10개의 바구니에 담고 일일이 무게를 재고 분류를 해야 하는 것이라 여간 힘든 게 아니다. 잠이 모자라서 꾸벅꾸벅 졸면서도 그런 일들을 빠짐없이 수행하는 걸 보니 '이 사람들 자기 임무에 참 충실하구나.' 하는 생각이 들었다.

그런데 그게 '서양인의 모든 것을 마냥 좋게 보려는' 이른바 '서구 지향적'인 당시 나의 관점에서 나온 것은 아닐까 하는 생각을 해보았다. 미국은 선진국이고 그 선진국의 국민인 백인이 열심히 일하는 모습을 '모범적인 것'으로 보고 싶었던 마음 말이다. 그들 또한 자신도 모르게, '선진국이고 백인인 자신'이 '후진국이고 유색인종인 우리' 앞에서 충실하게 임무를 수행하는 모습을 보여주어야 한다고 생각하고 행동했던 것은 아닐까? 아마 수산청으로부터 그렇게 교육을 받고 왔을지도 모르겠다. 가령 그들은 몸이 아파도 우리 배의 위생사가 주는 약은 먹으려 하지 않았다. 그게 일종의 '오리엔탈리즘(orientalism)'이었을지도 모르겠다. 누가 시키지 않아도 자신의 조국이자 선진국인 미국의 재산을 후진국인 대한민국으로부터 지키겠다는 것 말이다. 너무 과도한 생각이라고도 할 수 있겠지만 아무튼 난 그런 행동들이 그리 좋아 보이진 않았다. 너무 과도하고 정확하게 임무에 충실한 그들의 모습을 생각하면 왠지 서구중심적인 '계몽주의'를 보는 것 같았다. 그들의 방식대로 자원에너지를 지키는 것을 인정한다고 하더라도, 난 그게 오히려 누구의 것이라고도 할 수 없는 '욕망 전체'를 마치 본래부터 자기들의 것이었던 것처럼 배타적으로 여겼던 것은 아닌가 하는 생각이 들었던 것이다.

옵서버들은 나이가 어린 편이었다. 보통 20대이다. 그런데 히스패닉계의 옵서버 곤잘레스는 나이가 자그마치 35세였다. 그는 대리인으로 근무할 생각은 없고 오직 옵서버만 한다고 했다. 그는 다른 옵서버들과는 달리 샘플조사도 열심히 그리고 정확하게 하지도 않았다. 처리가 끝날 무렵 피시본드로 가서 조금 남은 어획물을 이리저리 눈으로만 살펴보다가 항해사에서 어종의 구성에 대한 자문을 구한 다음 기록하여 수산청에 보고하는 방식이었다. 한 번은 곤잘레스의 침실에 갔더니 게를 삶아 먹지 않겠냐고 제의해 왔다. 게는 금지어종이고 나는 금지어종에 대한 과도한 경계심이 있던 터라 안 먹겠다고 했더니, 자신은 이미 다른 배에서 많이 먹어봤노라고 하면서 오히려 자신이 여기서 먹더라도 절대 신고하지 말아 달라고 했다. 그러던 중 어느 날 그가 대리인과 함께 침실에서 게를 삶아놓고 버터를 발라 먹는 것을 보았다. 당시 금지어종인 게는 허가를 받지 않은 이상 누구도 배에서 먹을 수 없었는데 아무튼 독특한 사람이었다.

대리인 샤론

대리인 샤론은 주변에서 흔히 볼 수 있는 우리네 아줌마 같다는 느낌이 들었다. 덩치는 크지 않지만 억척이었고 마음씨가 참 여린 것 같았다. 가끔 해도실에 있으면 서류 등을 함께 보아야 하기 때문에 서로가 매우 근접하게 되는데 독특한 것은 '노린내'였다. 내가 오만에서 맡았던 아랍인들에게서 나는 냄새가 그 아줌마에게서도 났었는데 그 냄새가 좀 강력하여 숨을 제대로 쉴 수가 없을 정도였다. 그래서 그가 해도실에 들어오면 해당 서류를 펼쳐놓곤 밖으로 나가버리거나 함께 있을 때는 숨을 잠시 동안만이라도 참았다. 그는 가끔 반

갑다는 표시로 우리를 뒤에서 안으려고도 했는데 숨을 멈춘 우리는 마치 포획된 한 마리 물고기가 되어버린 느낌이었다.

사실 현대인들의 몸에선 냄새가 별로 나지 않는 편이다. 아니 오히려 냄새를 더러운 것으로 여겨 제거해버리려고 하거나 인공의 그 무엇으로 가려버린다. 마치 가면처럼 말이다. 그런데 이처럼 냄새가 없는 삶은 그 내면을 들여다볼 수 없는 삶이라고 해야 할 것이다. 자신의 표정을 꽁꽁 묶어 안으로 감춘 채 무엇을 하는지를 도무지 알 수 없는 게 요즈음 사람들이라는 것이다. 그렇다면 그의 냄새는 우리가 살면서 쉽게 맡아볼 수 없었던 진짜 사람 냄새는 아니었을까. 자신이 무얼 먹었는지, 어디 살았는지를 알려주는 삶의 흔적 같은 것 말이다. 그런 의미에서라면 역사나 사건들 혹은 표정들도 모두 냄새의 계열이라고 해야 할 것이다. 하여 그게 우리와 무슨 관련이 있으며 어떻게 작동하였는지 알려고 한다. 해도실을 꽉 채웠던 그의 냄새가 그리워지는 지점이다. 그의 남편은 목수였는데 사진을 보여주기에 봤더니 영화 벤허의 주인공 '찰톤 헤스톤(Charlton Heston)'을 닮아서 놀랐다. 그는 미리 준비해 왔는지 헤어질 때 많은 사람들에게 조그마한 선물을 주고 갔다. 나에겐 알래스카 상징이 담긴 '배지(badge)'를 주었다.

부표와 등대

부표나 등대 같은 것은 너무 멀리 있을 경우 항해사에겐 감정이 없는 좌표처럼 느껴지기도 한다. 멀리 보이는 것은 모두 그렇다. 자세히 보이지 않으니까 그런 것들이 어떤 감정을 갖고 있는지 알 수 없는 것이다. 마치 자신의 위치만을 단속적으로 알려주기라도 하듯 부표와 등대는 깜박깜박 정해진 간격으로 명멸한다. 동일성(同一性)의 세계를 반복하면서 확인하는 것이라고나 할까. 하지만 그들도 근접해서 만나게 되면 마치 살아 있는 생물처럼 어떤 색깔의 피부를 갖고 있을 뿐 아니라 그곳엔 수많은 부착생물들이 살고 있어서 무척 신기해 보이기도 한다. '클로즈 업(close up)'의 힘이 마치 어떤 사물에 생명을 불어 넣은 것 같다. 그것은 어떤 의미에서 모호하게 휘어진 신비로움이라고 할 수도 있을 것이다. 하지만 멀리 있는 것과 가까이 있는 것의 신비감은 질적으로 다를 수 있다. 멀리 있는 게 좌표(座標)적이고 동일하며 결코 접근할 수 없는 초월적 신비감이라면, 가까이 있는 것은 자신의 촉각 세계로 들어와버린, 하지만 결코 쉽게 잡히지 않는 그 무엇들이 만들어내는 신비감이라고 해야 할 것이다. 그것은 초월적임에 비해서 매우 내재적(內在的)인 그 무엇들이다. 그때 그것들은 다시 보이기 시작하는 것 같다.

자위행위

　　다른 배에서 일어난 사건인데 여러 명이 함께 쓰는 침실에서 선원 한 명이 자위행위를 하다 다른 사람에게 들켰나 보다. 무척 내성적인 사람이라 남들이 자신을 흉보는 것 같아 심하게 우울해졌다. 처리실, 식당, 침실 모든 곳에서 모든 사람들이 자신의 '자위행위'에 대한 이야기를 하는 것 같아 그는 결국 자살을 하고 말았다.

　자살은 '사회적 타살'이라고들 하지만 나는 '마조히즘적 저항'이 아닐까 생각해본다. 자신을 억압하는 것들로부터 탈출하는 방법이다. 자신의 현재적 삶을 다양한 현상 세계라고 했을 때 그것을 억압하는 것은 정상이라고 불리는 동일성의 세계다. 그걸 잣대로서 '정상이냐 아니냐'를 규정하게 된다. 그 억압이 너무 강하여 도저히 뚫고 나갈 수 없다고 여겼을 때 자살이라는 방법을 동원하는 것 같다. 이것 역시 '옳거나 옳지 않음'의 관점을 말하려는 것은 아니다. 그건 동일성으로 재단된 정상세계에 대한 극단의 저항일 뿐이라는 것이다. 정상을 무너뜨리려는 합법적 몸부림이라고나 할까. 나는 그런 의미에서 자살을 일종의 '용기'로 보는 편이다. 우린 대체로 생식과 관련되지 않는 섹스를 부도덕한 것으로 취급하기 시작했다. 그건 아마도 사회가 생산성이라는 효율성에 지배되면서부터일 것이다. 자위행위, 그것도 바다 위에서의 고독한 자위행위, 그것은 어쩌면 살아 있음의 증거가 아닐까. 무두질을 통해

가죽이 만들어지듯 나도 그렇게 '자위행위'를 했어야 했다. 어쩌면 그걸 통해 늘 새롭게 태어나고 있는 것이었을지도 모르겠다. 하지만 나의 자위행위에 비해서 북태평양은 너무 넓었던 것 같다. 명란 속 알갱이 같았던 나의 정자들이 다시 부활하기엔!

삶의 일탈

트롤어구, 특히 바닷속에서 예망 중인 그물을 생각해보자. 좌우로도, 상하로도 정상적으로 전개된 그물을 생각해보면 그 그물의 모든 것을 한눈에 쉽게 볼 수 있을 것 같다. 여러 가지 어구들이 제자리에서 제구실을 하고 있는 질서 정연한 모습이다. 그때 그물을 바라보면 그물의 전체적인 형상이나 부품의 역할도 잘 알 수 있을 것이다. 모든 게 정상적이라는 의미는 그런 것이다. 우리가 이성적으로 잘 파악할 수 있고 또 반성할 수 있는 그런 상태를 말한다. 아무도 제자리를 이탈하지 않는 것. 하지만 그물이 예망 중에 다른 그물과 엉켜버린 상황을 생각해보자. 그땐 그물뿐 아니라 와이어는 물론이고 샤클, 플로트 등이 일순간 엉켜버려서 자신이 지키고 있던 자리나 지위를 이탈해버릴 것이다. 가령 우리가 급양망할 때 부서진 그물을 올려보면 그게 어느 부분인지 순간적으로 알 수 없는 경우가 있다. 그래서 그것을 파악하고 풀어내고 다시 수리하는 데 곤란을 겪는다. 그것은 아마도 우리가 정상적이라고 생각했던 트롤 그물, 그리고 관련된 '질서정연'함이 정상적인 공간을 이탈했기 때문일 것이다. 그래서 우리는 잘 파악하지 못하고 허둥대는 것이다.

우리의 삶도 그런 것 같다. 가령 학생이 학생다운 행동을 하지 않았다고 생각할 때 우리는 그 사람이 학생인지 아닌지를 먼저 파악하려고 한다. 그런 일탈이 그 사람을 학생이 아닌 것으로 여기게도 하고 또 학생이 아니라고 생각하여 우리 마음대로 재단하기도 한다. 마치 우리의 그물이 암초나 다른 배의 그물에 걸려서 급양망을 할 때 그물을 올려보면 걸렸었거나 찢어진 부분이 그물의 어떤 부위인지를 금방 알아채기 어려운 것과 비슷하다. 심지어는 엉켜 올라온 그물이나 와이어가 누구의 것인지도 잘 분간이 되지 않을 때가 있다. 왜냐하면 우리 마음속의 질서정연함이 무너져버렸기 때문이다. 그래서 자신도 모르는 사이에 난감해하면서 그 부위들을 스스럼없이 잘라버리기도 한다.

사실 저층트롤에서 급양망을 해보면 선장의 성격이 잘 드러난다. 큰 사고일수록 차분히 대처하는 사람이 있는가 하면 자신이 더 흥분하면서 욕을 하고 고함을 치고 허둥대는 사람도 있기 때문이다. 그리고 이미 벌어진 상황에 대해서 주변을 탓하는 사람도 있다. 그런데 그것은 어쩌면 두려움임일지도 모르겠다. 낯선 것에 대한 두려움이라고나 할까. 나는 그런 두려움이 이미 내면화되어 있었던 게 아닐까 생각해보았다. 그런데 잘라버리려고 하는 그물의 어떤 부위는 우리에겐 어떤 의미에서 방향성도 없는 낯선 기호(記號)로 다가온다.

여기서 무엇이 잘되었느냐 못되었느냐 혹은 누가 더 옳으냐를 따지려는 게 아니다. 우리 삶 혹은 우리의 주변엔 그렇게 일탈된 것이 자주 출몰한다는 것이다. 그 일탈에 대해서 '질서 정연한' 관점으로만 대응한다면 우리가 이해할 수 없는 부분이 너무 많을 것이다. 마치 우리가 급양망을 하면서 당황하는 것처럼 말이다. 이것은 오히려 어떤 면에서 우리가 '정상적'이라고 여겼던 관점을 언제나, 아니 적어도 몇 번쯤은 의심해보아야 하지 않을까 하는 뜻이기도 하다. 왜냐하면 세상은 아무리 규정된 모습으로 지켜나가려고 해도 그렇게 되질 않기 때문이다. 아니 그런 세상 혹은 삶은 없다고 해야 할 것이다.

북양트롤어선의 조업도 그런 것 같았다. 평온한 바다에서 오직 홀로 투망하고 양망하고 어군기록도 넘쳐나고 그물 사고도 일어나지 않는 트롤어업은 존재하지 않는다는 것이다. 늘 자신과 주변이 함께 부대끼면서 조업을 하고 언제나 아슬아슬한 상황이 닥쳐올 수 있다는 것이다. 다만 그것들은 잠재적이어서 바로 지금 우리 눈앞에 보이지 않을지도 모르겠다. 하지만 눈에 보이지 않는다고 해서 그게 존재하지 않는 것은 아니다. 그 숱한 어획성적, 그물 사고, 인간관계, 저기압과 피항 그리고 불만과 성취감, 끝없이 밀려오는 파도 등과 같은 그 모든 게 잠재적 운동이었다. 내가 경험했던 오만 그리고 북양어장도 그랬다. 그러므로 그런 '일탈'적 상황을 두려워하거나, 미워하거나, 현실에서 절대 만나지 않을 것이라고 몸부림쳐도 소용없다는 것이다. 오히려 그런 상황들을 운명으로 받아들이고 긍정적으로 즐기려는 자세가 필요한 것이다.

어쩌면 거친 북태평양 바다 위에서 파도와 싸우며 고기를 잡으려 했던 것 자체가 삶의 일탈은 아니었을까. 지금 생각해보면 자본과 우리의 욕망은 함께 거친 바다로 간 것 같다. 그곳에서 서로가 몸통이면서 손과 발이 되어 그 욕망들을 '인간 중심'으로 내면화한 측면이 있다. 그건 깊이 성찰해보아야 할 지점이다. 하지만 우리가 만났던 바다, 바닷속에 살던 온갖 생명체 그리고 알래스카 연근해의 섬들, 바람과 눈보라 그 모든 것들은 우리의 욕망과 함께 뒤엉켜 살았던 흔적이라고 해야 할 것이다.

시간과 공간

아침에 집을 나섰다가 저녁쯤에 돌아올 경우 문을 열고 실내에 들어와야 '집에 왔다'는 느낌을 받게 될 것이다. 그런데 자신이 살던 도시를 벗어나 좀 먼 곳으로 며칠 동안 여행을 갔다가 돌아오는 걸 생각해보자. 그때는 꼭 자신의 집이 아니라도 가령 자신이 살던 도시의 경계 내에만 들어서도 집에 온 것 같은 느낌이 든다. 집과 관련된 안도감을 느끼는 범위가 달라지는 것이다. 그런데 북양에서 장기조업을 하다가 오랜만에 귀항을 하면 쓰가루 해협을 지나 동해에만 들어와도 '집에 다 왔구나.' 하는 느낌이 든다.

따듯한 봄이라면 더욱 그렇다. 바다 냄새도 완전히 다르게 느껴진다. 바람과 물 색깔 그리고 온도와 잔잔한 해면 상태가 더 강한 안도감을 느끼게 해주었다. 더구나 배가 울릉도 근처를 지날 무렵 울릉무선국 아가씨의 방송 목소리라도 듣게 된다면 마치 봄기운이 온 세상에 가득한 것 같은 느낌을 받게 된다. 예전에 오만어장에서 계약을 끝내고 비행기로 귀국할 때는 서울에 도착했는데도 집에 다 온 것 같은 느낌이 들었다. 만약 우리가 우주여행을 마치고 돌아오는 것이라고 한다면 아마도 서울이나 동해가 아니라 지구의 대기권 혹은 우주공간에서 지구가 보이기만 해도 마치 집에 다 온 것 같은 느낌을 갖게 될 것이다.

이처럼 안도감이라고 하는 것도 위치와 시간 그리고 상황에 따라서 달라진다. 그래서 같은 목소리라도 집 전화나 핸드폰으로 듣는 것보다 먼 바다에서 어렵사리 위성통신으로 듣는 게 더 감격스럽다. 예전에 중동의 두바이라는 곳에서 국제전화 선을 타고 들리던 아버지의 생애 마지막 목소리가 그랬다. 그 목소리는 오랫동안 잊혀지지 않았다. 특별한 힘의 의미가 작동하여 갑자기 공간 개념이 무너지고 확장되어버린 느낌이라고나 할까. 그것은 우리가 공간에 사는 것 같지만 결코 공간에 붙박여 있는 존재가 아니라는 걸 말해주는 것 같다.

사건 혹은 시간에 따라 공간은 확장되거나 축소되는 것이다. 사실 그런 측면에서 본다면 바다 위에서 6개월 이상씩 떠 있던 장기조업도 공간과 관련된 문제라기보다는 시간의 문제였고 더불어 심리적인 문제였던 것 같다. 바다에서 가족과 떨어져서 생활한다는 것은 그리운 것들로부터 튕겨져 나가 낯선 궤도를 돌고 있는 것 같은 느낌을 준다. 작은 접속에도 흥분하거나 그런 것들을 그리워하게 되는 순수함 아니 그것에 끝내 닿지 못하는 유치함이라고나 할까.

동해에서의 마치 물결 위를 미끄러지는 것 같은 항해를 생각하면 꿈결 같다. 그때 시간은 마치 거꾸로 흐르는 것 같은 느낌이 들기도 한다. 아직 부산항에 도착하지도 않았지만 오히려 이미 입항하여 아쉬운 입항기간이 점점 줄어들고 있다는 착각이 들기도 하는 지점이라는 말이다. 공간화된 시간이 거꾸로 흐르지는 않을 테고 아마도 그건 자신의 몸이나 그 '몸의 기억' 속에서 작동하는 살아 있는 욕망으로서의 시간일 것이다. 의식과는 별개로 휘어져버리는 '욕망의 시간'이라고나 할까. 아니면 제발 더디게 갔으면 하는, 진짜 자신이 주관(主管)하고픈 질적(質的)인 시간 같은 것 말이다.

광(光)신도

　　북양어장에 출어했던 척양호에서 일어난 일이다. 갑판장이 기독교인이었는데 틈만 나면 성경을 읽고 찬송가를 불렀단다. 물론 주변에 전도도 했을 것이다. 특히 출항하여 어장으로 가는 동안 바다에서 전도한 신도들과 함께 선수창고(앵커체인 룸)에 모여서 예배를 보았는데 육상의 기도원 등과 같은 수준의 강도 높은 예배였나 보다. 성경을 읽고 찬송을 하는 것을 넘어 큰 소리로 '통성기도' 같은 것을 했다고 하니까. 처음엔 침실에서 했는데 주변 환경과 시선이 여의치 않음을 느끼고 그리로 옮겼다고 하였다. 그래서 척양호 선장은 갑판장을 '광신도'라고 했는데, 미쳤다는 의미에서의 '광(狂)신도'가 아니라 빛난다는 의미의 '광(光)신도'였다.

　문제는 어장에 도착해서였다. 갑판장이 어느 날 선장을 찾아와서 일요일엔 조업을 하지 말고 쉬는 게 어떠냐고 정중한 건의를 했다고 하는데, 자신이 기도를 통해서 성령으로 일요일에 쉴 만큼 어획을 충분히 벌충해줄 수 있다고 말했다. 하여 당시 비신자(非信者)였던 선장은 깊은 고민에 빠졌다. 그 건의에 어떻게 대처해야 할 것인가에 대한 고민이었는데, 어선이 바다에서 일요일에 쉰다는 것, 그것도 기독교의 안식일을 지킨다는 것은 어획이나 종교와는 상관없이 선장인 자신이 어떤 황당함에 휘둘리고 있다고 여기고 있었다. 하여 욱하며 올라오는 것을 참고 여러 번 설득했지만 갑판장이 굽히지 않고 계속해서 그런 건의를 하기에 이런다간 안 되겠다 싶어 결국 당장 하선하라는 협박(?)으로 그 건의를 잠재웠다고 했다.

　보통 상선이든 어선이든 종교를 갖고 있는 선원들은 자기들 나름대로 신앙생활을 하는 편이다. 가령 기독교의 경우 일요일(안식일)엔 특정 장소에 모여서 간단한 예배를 보기도 했다. 하지만 위의 경우처럼 배 전체 일정에 대해 어떤 요구를 하는 사례는 없었던 것으로 알고 있다. 아무리 믿음이 강하고 또 자신의 종교가 절대적이라도 그것은 개인적인 신앙의 문제로 본 것이다. 아무튼 최초로 북양에서 조업을 멈추고 안식일을 지키려는 종교적 시도는 해프닝으로 끝났다.

예병세

　　　HK호에 승선해보니 동기 예병세가 2항사로 근무하고 있었다. 그래서 나는 같은 2항사이지만 차석 2항사가 되었다. 예병세와 나는 학교 다닐 땐 그렇게 친한 사이가 아니었다. 하지만 그는 처음 북양트롤선에 승선한 나를 위해 많은 배려를 해주었다. 오만이라고 하는 조그마한 어장에서 약간은 고독한 항해사 생활을 하다 이곳으로 와보니 동기도 있고, 선후배도 많아서 마음이 한결 편했다. 우린 같은 방에서 둘이만 있게 되었는데 나중엔 너무 친해져 술도 같이 마시고 잦은 논쟁을 일삼곤 하였다. 때로는 떠들다가 상급자들로부터 너무 시끄럽다고 주의를 받기도 했다.

한 번은 밤늦게까지 대리인과 옵서버의 관리에 관한 이견으로 술까지 마시면서 목청을 돋우어 악을 쓰면서 대화를 나누고 있었는데, 옆방에서 잠을 이루지 못한 선장이 너무 시끄러워 참다 참다 도저히 못 참겠는지, 선장실 벽면을 신경질적으로 몇 번인가 내려치는 일이 생겼다. 보통 어선의 분위기라면 절대로 일어날 수 없는 일이었다. 옆방에서 선장이 주무시는데 감히 2항사들이 잠을 방해할 정도로 떠들다니. 우리는 미안한 마음에 논쟁을 그치고 조용히 잠을 청했지만 그는 다음 날 나보다 먼저 당직을 서야 했기에 브리지에서 선장에게 심한 꾸지람을 들었다.

하지만 선장은 그런 우리 사이를 부러워하는 것 같았다. 자신은 그렇게 오랫동안 배를 탔어도 동기와 함께 한 번도 승선하지 못했다면서, 우리의 끈끈한 우정을 부러워하였다. 그러고 보니 우린 여러 가지로 우정 어린 싸움도 많이 했고, 그래서 우리가 모르는 사이에 주변에선 은근히 우리의 우정을 보면서 질투를 했다. HK호에선 선임이든 후임이든 모두가 우리를 하나의 몸체로 보았고, 업무 배정에도 배려를 해주었다. 간혹 우리는 아래층에 기거하는 3항사들을 괴롭히기도 했는데 그들에게 가자미회, 알탕 등을 준비하게 하여 술을 진탕 마시기도 하였다.

바둑 실력도 비슷했고 책도 함께 읽었으며 문화영화도 관람하였다. 내가 당시 읽던 사회과학 서적을 그는 어렵다고 읽지 않았지만, 설명을 해주면 고개를 끄덕이며 다 알아듣곤 하였다. 우리는 치기 어린 20대의 객기로 늦게까지 술을 먹기도 하였는데, 맥주로 가득 찬 방광을 북태평양의 차디찬 바다에 비우기도 하였다. 그때 칼끝보다 매서운 차디찬 바람은 우리의 거시기를 오그라들게 만들었다. 알류샨 열도의 섬들은 선명한 흑백사진 같았다. 모든 색들을 내부로 깊숙이 간직하였다가 마치 해질녘의 어렴풋한 윤곽 속에서 다시 드러내는 것처럼 그것은 극한의 심급에서 뽑어져 나오는 단조로움 같은 것이었다.

그러고 보니 북태평양, 혹은 알래스카는 온통 흑백의 천지였던 것 같다. 그래서 더 오래도록 내 기억 속에 남아 있는 것인가. 그것은 어쩌면 차가움을 너무 많이 닮았다. 차가운 시간, 공간, 그리고 의식(意識)들의 연상 작용 말이다. 내 젊은 날의 후반은 그렇게 행복했었다. 우린 동성(同性)임에도 불구하고 거리낌 없이 한 개의 침대를 쓰기도 했다. 둘 다 주간 당직이라 밤늦게 술(정종)을 마시고, 나는 너무 취해 2층 침대 위로 올라가지도 못할 정도가 되어버렸기 때문이다. 우리 방은 유난히 더웠는데 왜냐하면 여러 개 난방 스팀파이프가 우리 방의 천장을 통과하고 있어서였다. 북태평양의 한겨울에도 방은 영상 30도를 웃돌았을 정도였으니까. 당연히 우리는 팬티만 걸친 채 침대에서 술에 취해 함께 잠을 자곤 했다.

간혹 느껴지는 그의 피부는 보드라웠고 지나치게 흰 편이었다. 우정은 그렇게 술에 취해 팬티만 입고 같은 침대에서 자면서 더 깊고 넓어졌다. 그로 인하여 나는 행복한 선원이 되었던 것 같다. 그도 그걸 느꼈을까, 북태평양 찬 기온 속에 핀 우정의 뜨거운 꽃, 그 향기가 나에게 전해져 내가 오랫동안 선원 생활을 할 수 있게 하는 힘이 되었을 뿐만 아니라 사람을 믿고 좋아할 수 있게 된 것까지 말이다.

그리운,
그리고 다시 북태평양

1990년 가을, 문득 새로운 바다를 경험하고 싶었다. 그걸 들뜬 열망이라고 해야 할까. 밤새도록 깨알 같은 기록을 찾아다니던 어군탐지, 전쟁터를 방불케 했던 공해어장의 자체조업, 시계 제로에 가까웠던 눈보라와 칼끝 같았던 찬바람, 그리고 장기조업, 그 오랜 고독들. 그것들이 어떤 영향을 미쳤을지도 모르겠다. 내가 나아가려는 바다가 어떤 바다인지는 분명하지 않았다. 다만 지금보다 더 넓은 기회의 세상이 있을 거라 믿었다. 그건 특례 보충역이라는 의무의 굴레를 벗었기에 가능한 일인지도 모르겠다. 그저 새로운 세계로 가보고 싶었다. 그건 아마도 여태껏 겪어온 바다와는 완전히 다른 바다일 수도 있을 것이다. 새로운 세계에 대한 욕망을 꿈꾸는 것은 내가 그동안 지나치게 과거에 묶여 있었다는 것을 의미하는 것일까?

당시의 모든 것들이 트라우마처럼 변형되고 다시 상징화되었던 것은 아닐까 생각해보았다. 그게 개인에게만 해당되는 것은 아니었을 것이다. 국가나 기업으로 상징되는 자본도 그랬던 것 같다. 모두 '가난'을 지독한 짐으로 달고 있었던 것 말이다. 모두 그걸 벗어야 한다고 생각했던 것 같다. 그런 의미에서 그건 거대한 민족적 '트라우마'였는지도 모르겠다. 식민지에서 전쟁으로 이어진 그 억압과 잿더미에서 우리는 반드시 다시 일어나야 한다는 '강박관념'이 작동하고 있었던 것이다. 그렇다면 '원양어업'은 우리가 살고 있는 이 공동체 속에서 통째로 '희생적 삶'을 살았던 '역사 없는 것들'의 집합이라고 할 수 있다. 우리는 그런 삶을 살았던 그 당시 원양어업의 모든 주역들에게 경의를 표해야 할 것이다.

　나 역시 수산 관련 학교에 들어갔던 것부터 시작해서 가난을 극복해야 한다는 '소명의식'을 등짐처럼 지고 살았던 것 같다. 그래서 특례 보충역이 가능한 학과를 택했고, 20대 초반을 통째로 가족과 이별하여 30개월을 인도양, 오만 바다 위에서 생활했다. 아버지가 돌아가시고는, 더욱더 '가장'의 역할을 해야 한다는, 사회가 정해준 '젠더(gender)적 규정'에 매몰되었던 것 같다. 그리고 그건 북태평양어장으로 이어졌다.

　난 그저 그동안 이 사회가 만들어준 상징으로서의 삶만을 살았던 것이다. 돈을 벌기 위해 배를 타고, 항해사 업무를 수행하고, 거대한 자연을 대상으로 그물을 던지고, 고기를 잡고, 그리고 그게 전부인 것처럼 상징화된 것들에 매달리는 굳어버린 삶 말이다.

그게 '화폐의 욕망'이었을까, 아니면 화폐의 힘으로 그 상징화된 것을 탈주할 수 있다고 생각했던 걸까. 지금 생각하면 그건 온통 동일성(同一性)에 갇힌, 즉 낮은 곳에서 보다 더 높은 곳을 추구하는 삶의 방식이었다. 그건 현실에 대한 일종의 '부정적 허무주의'였다. 한 번도 자신이 살았던 삶의 비늘들을 다시 만져보거나 냄새 맡아보지 못한 채 말이다.

하지만 차이를 생산해내는 거대한 반복은 멈추지 않았다. 오래전 명태를 잡기 위해 북태평양 거친 바다로 나갔던 선배 선원들을 비롯해서 그 모든 사건이 마치 소용돌이를 일으키며 좁은 구멍으로 빠져들어 가는 것 같았다. 그렇게 이끌려가던 삶의 냄새, 그게 다시 반복되었던 것이다.

하지만 반복은 그저 옛것을 그대로 재현하는 것만은 아니었다. 늘 새롭게 해석되면서 새롭게 태어난다. 투망할 때마다 새로운 태양이 뜨고 신선한 아침이 밝아 오는 것처럼 말이다. 난 그저 복잡한 투망질에 매몰되어 그것을 잘 몰랐던 것이다. 하지만 반복은 역사의 거대한 수레바퀴를 이루는 튼튼한 '바퀴살'이었다. 그게 일순간 탈주의 욕망으로 변형되고 있는 것 같았다. 작은 틈새라도 찾아 기어들어 가서 그 균열을 깨고 싶었다. 그건 북양어장에서 겪었던 모든 일들을 다시 기억하고 재조직하는 삶의 편집 과정이었던 것일지도 모르겠다.

　나는 아직도 왕국을 꿈꾸며 살고 있다. 하지만 그건 지상으로부터 결코 닿을 수 없는 높은 곳으로 끝내 가겠다는 우상(偶像)으로서의 꿈이 아니다. 오히려 지상에서 구체적 뿌리를 내리고 있지만 도저히 이해할 수도, 이해되어서도 안 되는 욕망 같은 것이라고나 할까. 그게 바로 구체적인 삶의 운동성으로 드러나고 있는 것들이다. 그것들은 억울하기도, 두렵기도, 슬프기도, 지겹기도 또한 즐거운 것이기도 할 것이다. 하지만 그 누구도 더 이상 두려워하거나 미워하지는 않을 것이다. 부정과 긍정적인 것들은 모두 모호한 지대에 엉켜 있을 뿐이다. 다시는 돌아가지 못할 지대, 무수한 탈주가 일어나는 변경(邊境) 지대의 잡힐 듯 잡히지 않는 어렴풋한 왕국이라고 하면 어떨까.

그곳은 사람들만 사는 곳이 아니다. 빛의 산란과 함께 내가, 아니 우리가 그동안 어획해왔던 온갖 생명들, 명태, 가자미, 대구, 도미, 갈치, 문어, 갑오징어 그리고 버려졌던 몸뚱이와 영혼으로서의 잡어(雜魚)들, 바다와 섬들, 그런 것들이 한바탕 어울려 극한의 자유를 누리는 왕국이라나 할까. 차라리 우주라고 하면 어떨까. 그것도 무한하게 열려 있는 우주 말이다. 수십억 년 후 모든 바다가 증발해버릴 때까지 '거대한 기억'으로 서서히 운행하고 있을, 지금의 삶을 있게 하는 '바탕적 힘'으로서의 우주 말이다. 그게 사실은 내가 겪었던 온갖 바다였을지도 모르겠다. 하여 나는 지금도 그 '역사 없는 것'들이 가슴에 사무치도록 그립다. 깊디깊은 3,000미터 깊이의 바다, 북태평양이 그립다!

최희철

1961년 부산에서 출생하여 부산수산대학(현 부경대) 어업학과를 졸업하였다. 1984년부터 약 7년간 원양어선 및 상선 항해사로 근무한 바 있다. 1982년 향파문학상, 2005년 인터넷문학상 시 부문에 당선되어 작품 활동을 시작하였으며 2013년 부산일보 해양문학상을 수상하였다. 2011년 시집『영화처럼』을 발간하였으며 현재는 문학동인 '잡어'에서 활동 중이다.

:: 산지니 · 해피북미디어가 펴낸 큰글씨책 ::

골목상인 분투기 이정식 지음

다시 시월 1979 10·16부마항쟁연구소 엮음

중국 내셔널리즘 오노데라 시로 지음 | 김하림 옮김

파리의 독립운동가 서영해 정상천 지음

삼국유사, 바다를 만나다 정천구 지음

대한민국 명찰답사 33 한정갑 지음

효 사상과 불교 도웅스님 지음

지역에서 행복하게 출판하기 강수걸 외 지음

재미있는 사찰이야기 한정갑 지음

귀농, 참 좋다 장병윤 지음

당당한 안녕-죽음을 배우다 이기숙 지음

모녀5세대 이기숙 지음

한 권으로 읽는 중국문화
공봉진·이강인·조윤경 지음

차의 책 The Book of Tea
오카쿠라 텐신 지음 | 정천구 옮김

불교(佛敎)와 마음 황정원 지음

논어, 그 일상의 정치(전5권) 정천구 지음

중용, 어울림의 길(전3권) 정천구 지음

맹자, 시대를 찌르다(전5권) 정천구 지음

한비자, 난세의 통치학(전5권) 정천구 지음

대학, 정치를 배우다(전4권) 정천구 지음